KB097609

조선영

학창 시절, 우등상보다 교내 도서관 최다 대출로 다독상을
받은 것이 더 자랑스럽다. 대학에서 국어국문학을 전공했지만
국어도 문학도 잘 알진 못한다. 책에 파묻혀 지내고 싶다는
단순하고 낭만적인 생각으로 온라인 서점에서 일하게
되었지만 정작 현실은 근 20년째 읽고 싶은 책과 읽어야 할 책
사이에 깔려 지내고 있다. '유능한 도서 MD'까지는 아니어도
'성실하고 합리적인 직장인'으로는 기억되고 싶다. 알라딘과
인터파크도서를 거쳐 현재는 예스24 도서팀에서 일하고 있다.

책 파는 법

책 파는 법

온라인 서점에서 뭐든 다하는
사람의 기쁨과 슬픔

조선영 지음

온라인 서점 MD의 일

2001년부터 온라인 서점에서 편집자 혹은 MD라는 이름으로 일해 온 지 어언 20년. 그동안 나는 책을 만들거나 쓰는 것보다 파는 일이 내게 더 어울리는 역할이라 생각했다. 그런데 올해 초 아이의 초등학교 입학으로 3개월 정도 휴직하면서 잠깐의 여유가 생긴 차에, 온라인 서점 MD의 일을 책으로 써 보자는 조성웅 대표의 제안을 덜컥 수락해 버리고 말았다. 물론 쓰기보다 팔기가 더 익숙한 나의 글이 상업 출판을 통해 세상에 나와도 되는가에 대한 의혹은 아직도 지울 길이 없다. 허나 온라인 서점 MD가 쓴 책은 더러 있었어도 본격적으로 온라인 서점 MD의 일을 다룬 책은 없었다는 이야기에 왠지 모를 사명감 같은 걸 느꼈다(고 해 두자). 온라인 서점계의 시조새, 혹은 살아 있는 화석으로 불리는 내가 이 땅에 온라인 서점 MD라는 일과 그 일을 하는 사람들이 있었다는 기록 하나쯤 남겨 두는 것도 의미 있는 일일 거라 생각했다.

1999년 처음 생겨난 온라인 서점은 오늘날 출판 유통의 한 축으로 자리 잡았으나, 그간 언론을 통해 비춰진 온라인 서점의 모습은 자본의 논리로 출판 유통 질서를 흐리는 이미지에 더 가까웠기에 우리가 정확하게 어떤 일을 하며 무엇을 고민하는지에 대한 이야기는 그리 주목받지 못했다. 온라인 서점의 검색창에 '서점'을 검색해 봐도 동네 서점의 일이나 애환을 담은 책은 여러 권인데 정작 온라인 서점 이야기를 다룬 책은 찾기 어렵다.

이 책은 제목이 '책 파는 법'으로 정해졌지만 정확하게는 온라인 서점에서 책 파는 법, 혹은 온라인 서점에서 책을 팔며 일어나는 일에 관한 이야기라고 보는 것이 맞겠다. 나는 이 책을 온라인 서점 MD가 냉정한 깍쟁이들로만 여겨져 담당 MD와 미팅하는 것도 부담스러워하는 초보 출판인들이 읽어 주길 바란다. 또한 책 만드는 일은 누구보다 자신 있다고 자부하나 정작 책을 어떻게 팔아야 할지는 막막해하는 편집자들에게 작은 길잡이가 되었으면 한다. 온라인 서점을 이용하며 가끔 모니터 뒤에서 무슨 일이 일어나는지 궁금했던 독자들이 있다면 그들에게도 슬며시 권하고 싶다. 그리하여 온라인 서점에 접속한 순간 마주하는 모니터의 반대편에 MD라는 '사람'이 있다는 것을 알아주면 좋겠다.

집필 제안을 받기 전 온라인 서점 MD의 애환에 대한 글을 연재한 적이 있기에 이를 적절히 정리하면 될 거라는 계산에서 덜컥 책을 쓰겠다고 했으나, 막상 그간 쓴 글을 한 권의 책으로 묶을 수 있게 고치고 더 필요한 이야기를 새로 쓰는 것은 전혀 다른 차원의 무엇이었다. 이 책을 쓰라고 흔쾌히 노트북을 내어 준 남편과 엄마가 코로나19로 일자리를 잃은 줄 알았다가 노트북으로 계속 무언가를 끄적이는 걸 보고 아직 회사를 다니는구나 했다는 초등학교 1학년 딸에게서 힘을 얻어 끝까지 해낼 수 있었다.

만약 이 책을 읽는 이들이 나의 글에서 흠을 발견했다면 이는 모두 글을 쓴 나의 탓이며, '아 이 부분은 정말 유용하다'거나 '이 부분은 흥미롭다'라고 생각했다면 이는 나의 졸고를 꼼꼼히 읽고 더 좋은 방향으로 나아갈 수 있도록 이끌어 준 사공영 편집자의 덕분이다.

책에 실린 이야기는 가능한 국내 모든 온라인 서점에서 통용될 수 있도록 써 보려 노력했지만, 내 경험의 한계로 주관적으로 쓰이거나 놓친 부분이 있음을 양해해 주길 바란다.

1
{ 도서 MD는 무슨 일을 하는가 }

어쩌다 보니 온라인 서점에서 일하고 있고, 그중에서도 도서 MD 업무를 맡아 일한 지 어느덧 20년이 되어 간다. 지금은 MD들을 관리하는 중간 관리자로 일하지만 내 인생의 반을 온라인 서점에서 MD 일을 하며 보냈다고 해도 과언은 아닐 듯하다. 그러다 보니 온라인 서점 MD가 무슨 일을 하냐는 질문을 받게 될 때가 많다. 그럴 때마다 "MD는 (팔기 위해선) 뭐든지 다 한다의 줄임말입니다"라고 말하곤 한다. 자, 그렇다면 도서 MD는 무슨 일을 하는지에 대하여 좀 더 진지하게 얘기해 보자.

MD는 머천다이저merchandiser의 약어로 상품화 계획과 상품 구입, 가공, 진열, 판매 등의 업무 전반을 책임지는 사람을 일컫는다. 어떤 제품을 언제, 어떻게, 얼마나 생산·유통할지를 예상해 판매 촉진을 위한 계획을 세우는 사람을 가리키는 말이며, 의류업과 유통업에서 먼저 쓰이다가 2000년대 초반에 서점업계에도 도입되었다. 도서 MD의 업무는 서점마다 조금씩 차이가 있지만 대략은 출판사에 책을 주문하고 구매한 다음 독자에게 최대한 많이 팔기 위해 다양한 노력을 하는 것이다.

도서라고 하면 자연스레 종이책을 떠올리는 이들이 많을 텐데, 온라인 서점에서 다루는 도서의 범주에는 국내외에서 출간된 종이책, 전자책, 오디오북 및 완구류가 붙은 과세 상품 등이 모두 포함된다(책은 면세 상품이다). 몇몇 서점은 중고 도서도 취급하며, 이는 서점이 직접 고객에게 사들여 검수하고 이윤을 붙여 파는 직배송 중고 도서와 개인 판매자가 서점의 플랫폼을 이용해 각자 판매하는 C2C 중고 도서로 나뉜다. 국내외에서 나온 종이책과 전자책, 중고 도서 등 각각의 카테고리를 각 분야 MD들이 관리한다.

예전에 동료들과 도서 MD에 관해 대화하며 "기껏해야 대한민국에 50여 명이지"라고 말한 적이 있는데,

이는 실제로 그 숫자가 50명이라기보다는 도서 MD라는 직함을 달고 MD 업무를 수행하는 사람이 몇 안 되는 대형 서점과 온라인 서점에만 있었기에 나누던 말이다. 물론 종합 쇼핑몰이나 오픈마켓 등에도 도서 카테고리를 운용하는 MD들이 있다. 하지만 이들은 직접 책을 선정하고 매입하여 판매 촉진을 유도하는 활동에 주력하기보다는, 큰 매출이 예상되거나 유리한 조건을 제시하는 셀러를 입점시키고 그들에게 수수료를 받는 형태의 업무에 좀 더 집중하므로 통상의 '도서 MD'와는 조금 다르다.

　　동네 서점에서 일하는 서점원도 도서 MD의 역할을 하고는 있지만, 그 일은 그들의 여러 업무 중 일부일 뿐 그 일만 전문적으로 하는 것은 아니니 그들도 MD라고 칭하기는 무리다. 도서 MD가 서점에서 퇴사한 후 그간의 경험을 살려 비슷한 일 혹은 책과 관련한 일을 계속 이어 나가더라도, 그를 MD라고 부르지는 않는다. 도서 MD는 서점의 재고 관리에 직접 관여하는 업무를 하므로 서점에 적을 두고 있어야만 한다.

　　종합 쇼핑몰에서 일반 상품을 다루는 MD와 달리, 도서 MD는 아직 상품 기획까지 담당하지는 않는다. 상품(도서) 기획 과정에서 출판사의 요청에 따라 아이디어를 내거나 시장 상황에 대한 조언을 하거나 출간 예정 도서의 가제본을 읽고 모니터링을 하는 등의 형태로 기획에 참여하는 경우는 있지만 이를 주 업무라고 말하긴 어렵다. 현재로서는 이미 시장에 나와 있는 책을 살펴보고, 잘 팔릴 만한 책과 많이 팔고 싶은 책을 사들여 이를 파는 일을 중점적으로 한다.

　　동네 서점이나 대형 서점, 온라인 서점 모두 책을 파는 것은 마찬가지지만, 온라인 서점은 규모가 커지면서 자연스럽게 업무를 쪼개어 여러 사람이 나누게 되었고, 그 과정에서 가장 먼저 필요해진 직무가 도서 MD였다. 온라인 서점의 가장 큰 특징 중 하나는 공간의 제약 없이 다양한 책을 만날 수 있다는 점이다. 비록 실물을 볼 순 없어도, 검색 몇 번으로 내가 보고 싶었던 책, 궁금했던 책의 표지와 책 소개, 독자 리뷰 등의 정보를 간편히 볼 수 있다는 건 큰 매력이다. 하지만 정보가 너무 많으니 그 속에서 오히려 길을 잃을 수도 있다. 정보가 난무하는 책의 바다 앞에서 막막함을 느낄 독자를 위해, 한발 앞서 이곳을 살펴보고 길잡이가 될 만한 정보를 제공하는 것이 도서 MD의 역할이다. 각 서점은 독자가 원하는 주제의 책을 좀 더 쉽게 찾을 수 있도록 소설, 인문, 어린이, 중·고등학습서 등으로 분야를 나눠

각각 MD를 두고, 독자는 해당 분야 MD가 추천하는 책을 참고하여 자신이 읽고 싶은 책을 보다 쉽게 찾을 수 있다.

또한 도서 MD는 회사(서점)에 속하여 자신이 사들인 재고, 즉 회사의 자산을 적극적으로 판매해 매출을 올린다. 회사에 속하여 책 파는 일을 주 업무로 하는 회사원으로, 책으로 서점의 이윤 창출을 추구한다. 회사는 전년의 매출과 이익을 바탕으로 다음 일 년의 목표 매출을 정한 후 이를 본부별, 팀별, MD별로 나누어 각각에 분기/월 목표 매출을 부여한다. MD는 이 목표 매출을 최대한 달성하기 위해 다양한 수단과 방식을 동원하면서도 가능한 비용은 효율적으로 집행하도록 갖은 노력을 아끼지 않는다. 책이라는 문화 상품을 팔지만, 기실 숫자로 이야기되고 숫자로 평가받을 수밖에 없는 숙명을 짊어지고 있다.

매일 아침 MD는 출판사에 도서를 주문한다. 여기서 주문은 고객이 주문한 책을 배송하는 데 필요한 재고를 마련하기 위한 것이며, 재고는 넘쳐도 곤란하고 모자라도 곤란하다. 많이 주문할수록 좀 더 낮은 매입가로 재고를 사들일 수 있지만, 단순히 매입가를 낮추려고 팔리지 않는 책을 많이 가져다 놓으면 재고 부담은 고스란히 주문한 자의 몫으로 돌아온다. 그렇다고 재고를 책임지는 것이 부담스러워 찔끔찔끔 주문하면 자칫 재고 부족으로 말미암은 고객의 (배송 지연) 클레임이나 오른 매입 단가로 인한 이윤 하락 등을 감수해야 할지도 모른다. 어떤 책을 얼마나 쟁여 두는 것이 좋을지에 대한 감각을 예리하게 유지하는 것이 유능한 MD로 평가받는 길이다.

최대한 적은 비용으로 많은 재고를 확보하고, 그렇게 확보한 재고를 모두 파는 것이 가장 좋지만 모든 책을 그렇게 관리하기는 어렵다. 그 때문에 출판사와 거래 계약을 어떻게 맺을 것인가가 매우 중요하다. 출판사를 창업해 온라인 서점과 거래를 시작하려면 가장 먼저 '신규 거래 계약'을 체결해야 한다. 이를 위해선 '기본 공급 계약서'를 작성해야 하는데, 이는 출판사가 책을 어느 정도의 기본 공급률로 서점에 팔 것인가를 미리 정해 계약서에 명시해 두는 것이다. 기본 공급률은 일반인을 대상으로 하는 단행본인지 아니면 전문성을 띤 교재인지에 따라 도서 정가의 50퍼센트부터 90퍼센트까지 다양하게 결정된다. 출판사는 도서 대금을 많이 받길 원하니 가능한 한 공급률을 높여 계약하려고 하고, 서점은 이윤을 많이 남기길 원하니 가능한 한 공급률을 낮추어 계약하려고 한다. 양쪽 당사자 모두 "이 정도면 가능합니다. 계약할게요"라고 의사 결정을 해야 거래 계약이 성사되며, 각자 자신이 원하는 내용을 관철하려고 팽팽하게 협상한다. 가끔 이 기본 공급 계약서를 작성할 때 공급 조건을 협의하느라 핑퐁 게임을 하다 보면 '아, 내가 왜 (내 돈도 아닌) 회삿돈을 아끼려고 이렇게까지 애를 쓰나' 싶을 때도 있다. 하지만 내 담당 분야에서 들고 나는 책 재고의 관리 책임은 온전히 나의 몫이기에 다시 한번 마음을 다잡는다.

매끄럽게 협의하여 잘 팔리는 책을 넉넉히 들여놓으면 마치 곳간에 쌀 들여놓은 듯 뿌듯했던 건 비단 나만의 경험은 아니리라. 반대로, 분명 잘 팔릴 것 같아 넉넉히 받아 두었는데 생각보다 판매 속도가 더뎌 속이 타들어 갈 즈음, 물류센터 담당자에게 "곧 들어올 책 쌓아 둘 자리가 부족한데 이 책은 왜 줄어들지 않죠? 언제 어떻게 처리하실 건가요?" 하는 질책 섞인 하소연까지 들었다고 생각해 보라. 기대작이라고 호언장담했던 출판사 마케터가 원망스럽고, 거기에 맞장구쳐 호기롭게 책을 주문했던 과거의 나도 밉고, 나를 이렇게 만든 회사까지 밉다.

허나 가장 속상할 때는, 잘 나갈 것 같다 싶으면서

도 재고가 부담되어서, 혹은 그다지 많이 팔리지 않으리라 판단해서 재고를 많이 확보해 놓지 않았는데 갑자기 무슨 바람이 불었는지 책이 느닷없이 많이 나가서 재고가 부족할 때가 아닐까. '나도 많이 팔 기회였는데, 순간의 선택이 이런 결과를 갖고 오다니!' 역시 돈 쓰는 사람이 돈을 번다는 말은 진리일지도 모른다. "돈은 안 쓰는 것이 버는 것이다"라는 말도 있지만, "돈 놓고 돈 먹기"라는 말도 있지 않은가. 무릇 장사를 하려면 돈을 안 쓸 수는 없는 노릇. 마케팅 비용은 거의 한 푼도 안 썼는데 책 내용과 기획이 너무 좋아서 입소문을 타던 중 우연히 좋은 계기를 만나 날개 돋친 듯 팔려 나갔다는 식의 이야기가 간간이 출판가에서 전설처럼 전해지기도 한다. 허나 대개는 열심히 알리고 또 알려도 독자의 눈에 띌까 말까 하는 것이 현실이다.

　MD는 자신이 잘 팔고 싶은 책, 잘 팔릴 책의 재고를 확보하는 것으로 장사의 밑천을 마련한다. 그리고 그 책을 빨리 팔기 위해 다양한 프로모션을 기획한다. 출판사 마케터와 편집자는 수많은 책 중 자신이 만든 책을 돋보이게 하는 프로모션을 준비하고, 도서 MD는 잘 팔릴(것이 분명한) 책을 확보한 후, 독자들이 다른 서점이 아닌 우리 서점에서 사는 것이 좋겠다고 여길 만한 프로모션을 준비한다. 해당 책을 구입하면 받을 수 있는 특별한 굿즈를 제작하기도 하고, 책을 읽거나 읽으려는 독자들이 리뷰를 작성하면 포인트나 경품을 증정하는 리뷰 이벤트, 책을 좋아하는 이들이라면 한번쯤 관심을 가질 만한 저자와의 만남 등의 행사를 기획한다.

그런데 모든 마케팅과 프로모션은 크든 작든 비용이 든다. 발로 뛰는 프로모션에도 발로 뛸 시간과 체력이 필요하다. 가장 이상적인 것은 적은 비용으로 많은 판매를 이끌어 내는 고효율 프로모션이겠지만, 대개는 돈을 쓴 만큼의 효율을 거둔다. 심지어 돈을 많이 썼는데 마지막에 주판알을 튕겨 보면 그다지 효과가 안 난 고비용 저효율 프로모션도 허다하다. 생각해 보면 도서 프로모션은 팔리지 않는 책을 갑자기 1~2천 부 팔리게 하는 치트키 같은 것이 절대 아니다. 그냥 두면 2천 부 정도 팔릴 책을 좀 더 알리면 1천 부 정도 더 팔 수 있겠다는 확신을 바탕으로 하는 것이 본질이다. 적은 비용으로 높은 효율을 낼 수 있으면 제일 좋겠지만, 판매에 대한 기대가 큰 책일 경우 비용을 더 과감하게 써야 극적인 효과가 날 확률도 높아진다.

출판사의 영업·마케팅 담당자처럼 MD도 고비용

과 저비용, 고효율과 저효율을 놓고 끊임없이 줄타기하고 고민하며 하루하루를 보낸다. 돈에서 자유로울 수 없는 이유는 돈을 벌어야 서점이 계속 굴러가기 때문이다. 나의 노력이 매출로 이어져 이윤이 발생해야만 서점이 지속되고 나도 내 일을 오래하며 돈을 벌 수 있다. 비록 당장은 내 돈이 아니어도, 회사에 돈을 벌어다 주면 내 월급도 언젠가는 오를 것이라는 긍정적인 믿음을 갖고, 회사의 매출 증대를 위해 오늘도 우리는 책을 주문한다. 더 많이 팔기 위해!

2

{ **'편집자'에서 MD로** }

온라인 서점의 시초는 1995년 문을 열어 세계 최대의 이커머스 기업이 된 미국의 아마존이다. 우리나라는 종로서적과 영풍문고, 교보문고 등의 대형 오프라인 서점에서 1997년 처음으로 온라인 서점을 개설했으며, 온라인에만 기반을 둔 서점은 1999년에 문을 열었다. 내가 온라인 서점에 첫발을 디딘 것은 2001년의 일이다. 당시 다니던 잡지사에서 임금 체불을 겪으며 앞으로 대체 뭘 해 먹고 사나 고민하던 차였는데, 자주 이용하던 온라인 서점에서 채용 공고를 냈다. 학교를 졸업하고 나니 도서관 이용이 제일 아쉬울 만큼 책값으로 드는 돈이 만만치 않았는데, '서점에서 일하면 책값을 덜 써도 원하는 책을 실컷 읽을 수 있겠지?' 하는 극히 단순한 생각이 머리를 스쳤다. 공고를 살펴보니 책 세 권을 자유롭게 골라 각각 A4 한 장 분량의 리뷰를 써서 이력서와 함께 제출하라고 했다. 당장 개인 홈페이지에 써둔 리뷰 중에서 한 편을 고르고 집에 있던 책 중 두 권을 뽑아 부랴부랴 두 편을 더 써서 지원서를 보냈다.

당시 온라인 서점은 고객에게 판매할 도서 구매를 담당하는 구매팀, 고객이 주문한 도서를 배송하는 물류팀, 이러한 과정에서 발생하는 고객의 다양한 불만을 해결하는 콜센터, 온라인몰의 개발과 사이트의 유지 보수 등을 담당하는 개발팀, 온라인에서 판매할 도서의 DB(데이터베이스)를 등록하는 서지정보팀, 등록된 DB를 바탕으로 온라인몰에 노출할 책을 선정하고 각 책의 리뷰를 작성하는 편집팀으로 나뉘어 있었다. 내 눈에 띈 공고는 이 중 편집팀에서 인문·사회 분야 편집자로 일할 사람을 구한다는 것이었다. 그렇다, 편집자…… 지금 도서 MD라고 불리는 이 직군은 '편집자' 역할에서 시작되었다. 출판사의 편집자와는 어떻게 다를까? 왜 편집자라는 직함이 붙었을까? 아마 온라인상의 매대에 책을 진열하고 소개하는 것을 일종의 편집으로 본 것이 아닐까 하는 추측을 해 볼 뿐이니 아는 사람이 있다면 좀 알려 주면 좋겠다. 여하튼 책에 파묻혀 지낼 수 있겠다 싶어 지원했는데, 결과적으로 책에 깔려 지내게 된 인생의 서막이 열렸다.

당시 온라인 서점 편집자의 주 업무는 자신이 맡은 분야의 도서를 살펴보고, 서지정보팀에서 등록한 도서 정보를 바탕으로 책 소개 글을 새롭게 작성하거나 수정하며, 간혹 출판사에서 제공한 책 소개 글보다 좀 더 긴 리뷰를 작성하고, 독자가 관심을 갖고 구매할 만한 책을 추천하는 것이었다. 또한 매주 회의를 통해 서점 사이트 첫 페이지에 띄울 책이나 그 외 각각의 코너에 소개할 책을 선정하는 일, 담당 분야 페이지를 주기적으로 업데이트하는 일도 있었다. 책 소개 글을 작성하고 리뷰를 쓰는 게 주된 업무이기는 했으나, 출판사와 소통하며 책에 관한 다양한 정보를 온라인상에 구축하는 것이 우리의 역할이었기에 상황에 따라 주력 업무가 조금씩 달라지기도 했다.

내가 일을 시작한 2001년경은 '온라인 서점이라는 게 생겨 그곳을 통하면 책이 좀 팔린다더라' 하는 입소문에 도서 등록을 해 달라는 요청 메일을 출판사에서 먼저 보내오는 일이 점차 늘어나고, 출판사에 요청하면 서지 정보 자료나 홍보용 도서 한 권쯤은 기꺼이 내어 주던 때였다. 하지만 그 이전부터 일해 온 선배들 말로는 하루 종일 전화기를 붙들고 "네, 그냥 증정용 도서 한 권만 주시면 되는데…… 많이 어려우실까요?" 하며 설득하고 설명하는 것이 주요 일과였다고 한다. 현재는 또 사정이 많이 달라졌으니 격세지감이 든다. 여하튼 그 무렵에는 빠진 정보를 채우려고 출판사에 자료 요청을 하면 디지털화된 서지 정보와 보도자료를 메일로 주고받는 일은 어느 정도 정착되고 있었고, 온라인 서점과 직접 거래를 시작하는 출판사가 빠르게 늘기 시작했다. 출판사에서 보내온 메일에 "보내 주신 자료 잘 받았습니다. 아래와 같이 등록하였습니다" 하는 회신 메일을 작성하는 것도 주요 업무 중 하나였다. 요즘에는 하루에도 수백 통의 보도자료가 밀려오니 일일이 회신하는 게 물리적으로 불가능하지만 말이다.

오프라인 서점에서 실물 책을 손에 들고 한 번만 훑어보면 알 수 있는 정보(가볍다/무겁다, 두껍다/얇다, 가독성이 높다/낮다 등)를 온라인상에서는 쉽게 파악할 수 없다. 때문에 온라인 서점의 서지등록자와 편집자들은 책 실물을 살펴보고 얻을 수 있는 정보, 아니 그 이상을 제공하기 위해 매우 다양한 노력을 했다. 책의 가로세로 길이와 두께를 줄자로 재어 등록했고, 저울로 무게도 달아 올렸다(해외 배송을 위해서는 책의 무게 입력이 필수다). 책의 한두 페이지를 촬영해 본문을 살펴볼 수 있도록 하거나 뒤표지에 추천사가 있으면 타이핑해 올려서 책을 고르는 독자가 참고할 수 있게 했다. 고객이 검색창에 한두 글자 잘못 입력해도 찾는 책이 검색되도록 도서 검색 데이터베이스에 유의어나 주제어 등을 입력하는 것도 매우 중요한 업무였다.

　당시 각 온라인 서점은 독자 리뷰를 빠르게 늘리려고 일정 분량 이상의 리뷰를 작성하면 '적립금'을 지급했는데, 그 금액이 적지 않아 좋은 리뷰를 작성하는 독자가 빠르게 늘었다. 그 시절 꾸준히 좋은 리뷰를 작성하여 독서가들 사이에 입소문을 탄 리뷰어 중에는 현재 유명 저자로 활약하고 있는 이도 꽤 있다. 개중 적립금만 노리고 남의 리뷰를 베껴 올리는 이들도 있었는데 이들을 솎아 내고, 리뷰의 글자 수를 일일이 체크하고 몇 편인지 헤아려 편당 적립금을 지급하는 업무도 편집자의 몫이었다.

　매우 간단한 수준이지만, 서점 사이트의 HTML 소스 중에서 글씨 색깔이나 텍스트를 바꾸는 정도의 간단한 코딩을 하기도 했고, 포토샵 같은 이미지 편집 프로그램을 사용해 이미지 수정 작업도 했다. 그리고 그 당시 아마존이 도입한 'Look Inside' 서비스, 즉 책 본문의 20~30페이지 정도를 보여 주는 서비스를 우리네 서점에서도 구현하기 시작했다. DB 등록용과 별도로 미리 보기 제작용 증정 도서를 출판사에 추가로 요청해 책을 스캔하고 독자가 참고할 수 있게 구현해 놓는 것이다. 그때의 고속 스캐너는 책을 절단하여 사용할 수밖에 없게 되어 있어서 애꿎은 책들을 무자비하게 잘라야 했는데, 그렇게 잘린 책들이 못내 아까워 다시 철을 해서 보기도 했다.

　신문 서평도 중요한 콘텐츠였다. 토요일 아침마다 신문에 실린 서평을 모두 찾고 직접 타이핑해(나중에는 각 신문사 홈페이지에서 기사를 복사해 왔지만 그때만 해도 신문을 직접 보면서 타이핑하는 것이 가장 빨랐다) 각각의 책 상세 페이지에서 한눈에 볼 수 있게 업로드했다. 만일 조금이라도 늦으면 해당 신문사 기자가 "왜 우리 서평은 아직 올라오지 않냐"며 전화를 해 오기도 했고, 월요일이나 화요일이 되면 주말 신문의 서평란에 나온 책을 꼭 사고 싶다며 책 제목은커녕 기억나는 단편적인 기사 내용만으로 책을 찾아 달라는 고객 문의가 꽤 잦았다.

　2000년대 초반까지도 신문의 위력은 대단하여 신

문 서평면 톱기사로 소개된 책은 그 주말에 서점 한 곳에서만 수백 권씩 팔리곤 했다. 이처럼 책을 선택하는 독자가 주요 정보로 여기던 신문 서평은 2004년경 신문사에서 "서평 기사를 사용하려면 매년 수천만 원씩 콘텐츠 이용료를 지불하라"고 요구하면서 온라인 서점에서 모두 사라졌다. 지금 생각해 보면 신문사가 어느 정도 묵인해 줬더라도 기사라는 엄연한 콘텐츠를 무단 전재한 온라인 서점도, 수천만 원이라는 비현실적인 비용을 요구했던 신문사도 문제가 있었다는 생각이 든다.

이 모든 업무 중 가장 중요한 일은 책의 소개 글을 작성하는 것이었다. 간결하고도 명확하게 책의 핵심을 소개하면서, 그 책을 사서 한번 읽어 보고 싶도록 흥미도 유발해야 한다. 출근하면 출판사가 보내온 보도자료와 책의 서문 등을 참고삼아 한 문단 혹은 두 문단 분량의 소개 글을 10여 편 정도 작성했고, 일주일에 한 번꼴로 책을 좀 더 깊이 읽고 조금 더 긴 리뷰를 작성했다. 한 권의 책을 곱씹어 읽고 나만의 생각을 덧붙여 리뷰를 쓴다는 것이 쉬운 일은 아니었지만, 내 리뷰를 찾아 읽거나 내가 리뷰한 책에 관심을 갖는 이들이 있다는 것을 확인했을 때의 뿌듯함이란! 해당 책의 저자나 편집자에게 리뷰 잘 읽었다며, 감사하다는 전화나 메일을 받을 때도 보람을 느꼈다. 한 저자에게서 "이 글을 쓴 분은 나의 책을 가장 정확히 이해하고 있는 이임에 틀림없다"라는 찬사를 받았던 때의 기쁨은 아직도 잊을 수 없다.

당시 서점의 편집자들은 무조건 좋다는 식의 '주례사 리뷰'만 쓰는 것은 아니었고, 책에 대한 비판이나 불만도 솔직하게 표현했다. 이 책의 이런 점은 괜찮지만, 이런 점은 분명히 문제라는 것을 밝히는 식이다. 나는 그렇게까지 과격한(?) 리뷰를 써 본 적이 없지만, 한 동료는 이 책은 이러이러한 단점이 몹시 명확하니 추천할 수 없다는 식의 리뷰를 올려 출판사 편집자와 전화로 격하게 다투기도 했다.

어찌 보면 책을 팔겠다는 자세보다는 나름대로 좋은 책을 가려내어 독자에게 추천하는 역할에 더 집중했던 시절이었다는 생각도 든다. 그러니 편집자인 나의 고민은 어떻게 하면 좀 더 다양한 책을 많이 읽을 것인가, 이렇게 쌓은 독서 경험을 어떻게 글로 풀어내어 독자에게 소개할 것인가 하는 것에 집중되었다. 지나고 나서 생각해 보니 그 이후 MD로 일할 때와는 사뭇 다른 자세로 책을 대했던 것 같다. 이를테면 재고 수급이 원활하지 않아 구매팀에서 책을 확보하는 데 애를 먹고 있는데도 '정말 좋은 책이니까' 하며 추천을 하고, 매입가가 높은 탓에 물류비와 배송비까지 고려하면 많이 팔려도 본전인 책을 '독자들이 꼭 읽어야 할 책이니까!'라며 소개하곤 했으니 말이다. 출판사와의 이해관계에 얽매이지 않고 동료와 온종일 책 이야기를 나누며 서로 재미있어할 만한 책을 추천하고 돌려 보면서, 오로지 독자가 좋아할 법한 책을 골라내 추천하던 낭만적인 시절이었다.

그런데 사실 온라인 서점이 독자의 선택을 받은 가장 큰 이유는 무엇보다 정가로 판매되던 책을 15~25퍼센트 정도 할인해 판매했기 때문이 아닐까. 적립금까지 포함하면 체감 할인율은 더욱 높았다. (지금은 2014년 실시된 도서정가제에 따라 할인 폭이 최대 정가의 15퍼센트로 제한되어 있다.) 이와 함께 다양한 리뷰나 작가 인터뷰 같은 양질의 도서 관련 정보를 제공하고, 빠른 배송을 보장한다는 점이 온라인 서점의 강점으로 부각되기 시작했다. 지금 우리나라 이커머스의 핵심이 된 '당일 배송', '총알 배송', '단 한 권도 무료 배송' 등의 체제는 온라인 서점이 먼저 시작해 그 기초를 마련한 것이라 봐도 좋을 것이다.

이러한 기틀이 갖춰지니 이내 비용의 효율화와 이

익 증대 등을 고민해야 하는 상황이 되었다. 장사의 기본은 무엇이건 저렴하게 가져와서 많이 파는 것이다. 하지만 책은 다른 상품과 달리 콘텐츠에 대한 이해가 어느 정도 된 상태에서 사들여야 하기에 무조건 저렴하게만 가져온다고 되는 것이 아니다. 그렇다면 구매 담당 직원이 콘텐츠 보는 안목을 키우기보다, 즉 구매팀이 편집자의 업무를 배우기보다 편집자가 구매 업무를 배우는 게 빠르지 않을까?

이러한 고민 아래 2003년경 예스24가 온라인 서점 중에서는 처음으로 MD 직군을 신설해 편집자들을 MD로 전환시키고 구매 업무를 맡겼다. 당시 나는 지금 직장과 다른 서점에서 일하고 있었지만, 내가 추천한 책 주문과 재고 관리를 구매팀 담당자에게 요청하는 것이 번거로운 절차라고 느끼고 있었다. 또한 아무리 생각해도 잘 팔릴 것 같지 않은 책을 구매 담당자가 저렴하다는 이유로 가져와서 어떻게든 팔아 보라고 할 때의 난감함을 떠올려 보면, 차라리 내가 추천하는 책은 주문부터 재고 관리까지 모두 직접 책임지는 편이 낫지 않을까 하는 생각을 할 때도 많았다.

그러나 MD가 아무리 저렴하게 책을 사 오려고 해도 서점의 재무/경리 부서에서 출판사에 제때 책값을 지급하지 못한다면 바잉 파워buying power●를 가질 수 없지 않은가. 그래서일까, 편집자를 MD로 전환하는 일은 자금 회전이 원활하여 출판사에 도서 대금을 문제없이 지급할 여력이 있는 서점부터 시작되었다.

편집자에서 MD로 전환될 거라는 통보를 받던 날에 나는 하필 연차 휴가로 외부에 있었다. 흔들리는 전철 속에서 회사의 통보를 전달하는 동료의 난감한 목소리를 들으며 앞으로의 세상은 지금까지와는 달라질 거라는 생각이 퍼뜩 들었다. 그리고 실제로 그 이후 세상은 완전히 달라졌다.

시스템을 이용해 책을 발주하는 일은 걱정했던 것보다 어렵지 않았으나, 문제는 협상이었다. 대량 주문을 해서 물건(책)의 공급가를 낮추는 건 어떤 거래에서든 비교적 수월하다. 그러나 내가 원하는 만큼 가격을 낮추면서 재고는 필요한 만큼만 가져오는 건 결코 쉽지 않다. 처음 MD가 되었을 때만 해도 스테디셀러라면 쌓아 두고 꾸준히 팔면 되겠지, 생각하고는 무작정 주문을 많이 넣었다. 원래 공급가를 잘 낮춰 주지 않는다는 출판사에도 선뜻 거절하기 어려운 수량을 제안해 가격을 낮췄다. 여기까지는 진짜 재미있다. 문제는 항상 그다음이다. 원래 물건을 살 때는 누구든 신나지 않나? 카

● 기업 간의 거래에서 기업의 배경이나 규모로 우위를 차지하여 갖는 기업의 구매력.

드값 낼 때가 죽을 맛이지.

MD도 많이 주문할 땐 즐겁다. 많이 주문할수록 공급가 조정도 좀 더 수월하니 원래 가격보다 3~5퍼센트 낮춰서 사들이면 정말이지 신이 난다. 문제는 책이 안 팔려 지옥을 맛볼 때다. 아무리 스테디셀러라고 해도 특별한 이슈가 없다면 판매는 자연 감소하게 되어 있다. 더 이상 책을 쌓아 둘 공간이 없으니 안 팔릴 것 같으면 주문 좀 하지 말라는 물류센터 담당자의 항의에, 특별한 판매 계획이 없으면 출판사로 반품하라는 팀장의 통보 메일을 받아 보시라. 사들일 때의 흥겨움은 어디론가 사라지고 쪼그라든 죄인이 되어 지옥을 맛본다. 결국 눈물을 머금고 전화를 걸어 "혹 반품이 가능할까요"라고 어렵게 입을 뗀다. 내가 보낸 대량 주문 발주서를 받으실 땐 웃으셨던 부장님의 깊은 한숨이 전화기 너머로 들리니, 나는 더욱 움츠러들어 작아지고 또 작아진다. "아, 알겠습니다. 반품은 역시 어렵겠죠. 대신 굿즈 제작비 지원은 가능하실까요……?"

좋은 책을 추천하는 뿌듯함과 보람만으로 느긋하던 편집자들이 MD라는 비즈니스 피플이 되었다. 좋은 책을 찾고, 공급가를 최대한 유리하게 낮추려 협상하고, 그렇게 들인 재고를 모두 팔 때까지 마음 졸이는 회사원이 된 거다. 단순히 "좋은 책입니다"라는 이유만으로는 더 이상 나의 뜻을 관철할 수 없게 되었다.

이렇게 도서 MD의 시대가 시작되었다.

3
{ **MD의 하루** }

MD는 출판사에 도서 주문서를 보내는 일로 하루를 시작한다. 온라인 서점으로 들어온 고객의 주문을 모아서 출판사와 도매상, 총판 등의 도서 공급처로 필요한 책의 수량을 적은 주문서를 작성해 보내는 것인데, 우리는 이를 '발주'라고 부른다.

서점마다 다르긴 하지만, 내가 일하는 서점의 출근 시간은 아침 8시. 보통 출판사의 출근 시간보다 이른 것은 새벽까지 들어온 고객의 주문을 모아서, 출판사 직원이 출근하면 바로 주문서를 확인할 수 있도록 하기 위해서다. 그래야 출판사에서도 얼른 물류 창고에 연락해서 재빨리 서점의 창고로 책을 출고할 수 있다. 이 모든 것은 고객이 책을 조금이라도 더 빨리 받아볼 수 있도록 하는 당일 배송 서비스를 위해서다.

대형 서점에는 시스템화된 재고 공식 및 관리 프로그램이 있다. 적정 재고에 대한 가이드, 즉 지난 한 주와 한 달 동안의 판매량을 토대로 보유해야 할 재고량을 계산한 후 이번 주에는 어느 정도의 재고를 확보하는 것이 좋은지 제안해 주는 형태의 가이드가 마련돼 있는 것이다. 지난 한 달간 판매량이 서서히 줄었다면 자연히 보유해야 할 재고의 수량은 줄어든다. 반대로 판매량이 서서히 혹은 급격히 늘었다면 주문해야 할 재고의 수량도 늘어난다. 주문의 상당 부분이 이에 따라 이루어진다. 그러나 가이드 그대로 따를지, 가이드 지침보다 수량을 줄이거나 늘려서 주문할지 최종 결정하는 것은 MD의 몫이므로, 아침 발주 시간의 사무실은 고요 속에서 주문 수량을 입력하는 키보드 소리로 요란하다.

예전에는 대부분의 출판사와 도매상, 총판이 팩스(!)로 주문서를 받았기에 아침마다 수천 통의 팩스를 실수 없이 보내는 일이 무엇보다 중요했다. 혹여나 소중한 주문서가 누락되지는 않을까 하는 걱정으로 시스템상에서 '전송 실패'로 확인된 곳에는 일일이 전화해 팩스 수신 여부를 확인했다. 전체 출판사로 주문서를 두

번 발송하는 바람에 주문 수량도 두 배가 되어 시말서를 썼다던 어느 MD의 얘기를 되새기며 전송 버튼을 누를 때마다 손을 부들부들 떨던 게 어제 일 같다. "오늘 주문 팩스가 안 들어왔어요!" 하는 전화도 흔히 걸려 왔는데, 거기에 "아, 오늘은 주문서가 없는데요……"라고 대답하면 수화기 너머로 흐르던 침묵에 마음속으로 함께 통탄하던 것도 이제는 옛이야기! 요즘은 일일이 발주하지 않아도 각 출판사가 각 서점의 공급망 관리 시스템인 SCM•에 접속하여 직접 주문서를 확인하거나 이메일로 주문서를 받고, 팩스 주문서는 아예 받지 않겠다는 곳이 늘고 있다.

도서 재고 관리는 MD의 책임이자 주요 역량 중 하나다. 책의 판매량을 가늠해 적정한 공급가를 협의하여 재고를 들여오고, 판매량 변화 추이를 살피며 고객의 주문에 바로 대응할 수 있도록 적정 재고량을 유지해야 한다. 그렇다 보니 무슨 일이 있어도 오전 8시, 발주 시간에 PC 앞에 앉아 주문서를 작성하는 것은 모든 MD의 숙명이라 하겠다. 나의 경우 처음부터 발주 업무는 대신해 주는 대행자 없이 일해 왔고, 오랫동안 이 업무만큼은 무슨 일이 있어도 사수했다. 어쩌다 출근하지

• 판매자 공급망 관리(Supply Chain Management). 서점과 출판사 사이에 이루어지는 모든 거래 관련 데이터를 통합망으로 관리하는 시스템.

않고 집에 있는 날에도 아침 일찍 "오늘 주문서는 23부 들어왔던데 50부 보내면 되나요?"라거나 "오늘은 주문서가 안 들어왔는데 혹시 누락됐나요? 아, 아직 사무실 아닌가 봐요?" 하는 전화를 받으면, 휴가고 뭐고 출근해서 컴퓨터 앞에 앉아 있는 편이 낫겠다는 생각이 들었다.

8시에 출근해 30~40분가량 걸리는 도서 발주 업무를 마치면, 출판사에서 주문서를 확인하고 연락하기 시작하는 9시까지는 20~30분 정도 여유를 즐길 수 있다. 이 시간에는 커피를 마시거나 간단한 아침을 먹기도 하고, 메신저로 동료들과 세상사 돌아가는 이야기도 나눈다. 메일함을 훑어보면서 어제 퇴근 후에 온 메일을 확인하고 필요한 경우 회신한다. 점심 식사 전에 누릴 수 있는 유일한 휴식 시간(?)인 거다.

출판사들의 업무가 시작되는 9시 이후부터는 본격적으로 전화와의 전쟁이 시작된다. 팩스나 메일, SCM을 통해 발송한 주문서를 각 출판사에서 확인한 후 도서 재고 여하에 따라 수정할 내용을 MD에게 알리는 전화가 빗발치기 때문이다. MD도 전날 서점의 물류 센터에 입고된 도서 내역을 확인하고, 주문했는데 들어오지 않은 책이나 부족하게 들어온 책 등을 확인하느라 여기

저기 전화를 돌린다. 오늘 서점으로 들어오기로 한 책이 출판사에서 예정대로 들어오는지, 홍보 이벤트를 위한 굿즈는 이벤트 일정에 맞춰 차질없이 입고되는지도 확인해야 한다. 전화를 받거나 거는 중간중간 동료의 메신저나 출판사 마케터의 메일에도 답해야 하고, 이벤트 진행 중인 도서와 굿즈의 재고 확인, 웹페이지 수정 등을 하다 보면 오전 시간이 순식간에 사라진다.

여담이지만, 시대에 따른 MD의 업무 풍경 변화도 재미있다. 예전에는 출판사 마케터들과 주로 전화로 소통했기에 전화기를 한쪽 어깨에 끼고 두 손으로는 키보드를 두드리는 시간이 길어 자연히 헤드셋 형태의 전화기를 찾았다. 그러니 고객 상담사처럼 헤드셋을 착용하고 일하는 사람이 많았는데 언제부턴가 카카오톡 같은 메신저 프로그램으로 소통하는 경우가 늘며 사무실 풍경도 바뀌었다. 나도 한때는 전화 통화를 제1순위로 생각하고 문자메시지나 메신저는 보조 수단으로만 여겼는데 요즘은 메일이나 메신저로 연락하는 경우가 더 많다. 기록을 남기기에도 좋아 간단한 내용은 SMS나 메신저로 주고받고 길거나 자세한 내용 확인이 필요하거나 격식을 차려야 할 땐 전화를 한다.

다시 MD의 오전 일과 이야기로 돌아가면, 일주일

에 두 번은 서점 메인 페이지에 올릴 책들을 결정하는 도서 선정 회의를 한다. 이런 날에는 오전 시간이 좀 더 타이트해진다. '오늘의책'이나 'MD추천'이라고 표시되어 온라인 서점 메인 페이지에 소개되는 책이 어떻게 선정되는지 일반 독자는 물론 출판사에서도 많이들 궁금해한다. 내가 다니는 서점에서는 이 도서 선정 회의를 '편집 회의'라 부르고, 모 서점에선 '선서 회의'라고 한다는데 어떻게 부르든 일주일 동안 등록되는 수많은 책 중 우리 서점의 첫 화면에 노출할 책을 선정하는 매우 중요한 회의다.

초중고 참고서나 대학교재, 수험서 등은 이미 독자층이 특정되어 있으므로 편집 회의의 대상이 되는 책은 소설과 에세이, 인문교양책, 유아동 도서, 자녀 교육 및 실용책과 같은 단행본이다. 각 분야 MD는 출판사와 미팅하며 소개받은 책을 중심으로 회의에 가져갈 책을 고르고, 혹 소개받지 않았더라도 등록된 도서 정보나 언론 기사, SNS 등을 훑어보며 흥미롭다고 판단한 책을 챙긴다.

책이 서점 메인 페이지에 소개되는 일은 그 영향력이 예전만 못하다고 여겨지는 것이 사실이지만, 그래도 출판인들은 서점의 첫 페이지에 자기 (회사) 책이 소개되는 것에 큰 의미를 부여한다. 자신이 만든 책을 누군가 알아봐 준 것이니 당연히 의미가 있겠지만 다른 사람도 아닌 서점에서 일하는 이들이 알아봐 줬다는 사실에 의미를 두는 것이 아닐까. 우리 역시 책을 팔기 위해 리뷰를 쓰기도 하고, SNS에 사진을 업로드하거나 기획전을 구상하는 등 여러 방법을 동원하고 있지만, 뭐니 뭐니 해도 서점의 첫 화면에 내 이름을 걸고 추천하고 싶은 책을 올려놓는 것만큼 강력한 활동은 없을 것 같다. 어쩌면 서점에서 우리 MD들이 하는 모든 활동이 이 첫 페이지에 자신 있게 소개할 만한 책을 찾아내기 위한 것일지도 모른다.

각각의 MD는 직접 골라낸 책을 회의에 갖고 들어가 동료 MD들에게 간략하게 소개한 후, 왜 이 책이 우리 서점 첫 화면에 올라가야 하는지 이유를 설명한다. 나긋나긋 차분하게 책을 소개하는 MD도 있고, 사람을 홀리는 약장수처럼 현란하게 이야기하는 MD도 있다. 유아동 분야 MD가 완구가 포함된 책을 소개할 때는 모두 눈을 반짝이며 집중하기도 하고(정말이지 촛불을 불어서 끄는 듯한 느낌이 나는 생일 케이크 장난감이 포함된 책이나 디스크 모양의 플라스틱 카드를 바꿔 넣으면 동요를 들려주는 완구류 따위를 시연해 주는 모습을 보면 안 사고 배길 도리가 없다), 강경수 작가의 감동적인 그림책 『나의 엄마』(그림책공작소, 2016)를 소개하던 MD가 그만 목이 메어 말을 잇지 못하고 다른 MD들까지 함께 훌쩍이는 바람에 회의실이 눈물바다가 되었던 일도 있다.

하지만 대체로는 별일 없이 잔잔하게(?) 진행되는 편이다. 순번대로 각 분야 MD가 책 소개를 마치면 그날 회의를 주재하는 도서팀장이 회의에 참석한 이들과 의견을 나누어(그 책은 어때? 좀 약하다고? 그럼 이 책은? 아, 그 책이라면 나도 이견 없다, 하는 식으로) 책의 중요도에 따라 '오늘의책', '지금이책', '화제의책' 등의 코너에 소개할 책을 결정한다. 몇 년 전 편집 회의를 취재하러 왔던 기자가 우리의 평온하고도 다소 단조로운(?) 회의를 처음부터 끝까지 지켜보곤 정말 이게 다냐며 거듭 물어보았을 정도다. 아마도 '오늘의책'을 결정하는 과정쯤에서는 격렬한 갑론을박이 벌어지는 모습을 기대했던 것 같은데 편집 회의를 주재하는 팀장과 MD가 말다툼이나 격한 토론을 벌이는 경우는 흔치 않다. MD와 팀장 모두 오랜 세월의 경험에서 비롯된 공통의 생각과 기준을 갖고 있기 때문이다. '이 자리에 소개하면 지금보다 더 많은 독자의 사랑을 받을 것이 틀림없는 책'에 대한 기준!

　　메인 화면에서도 가장 많은 이들의 눈에 띄는 위치는 단연 '오늘의책' 코너다. '오늘의책'으로는 일주일에 두 번, 각 네 권씩 총 여덟 권의 책을 선정하는데, 선정된 책은 정해진 기간이 지나면 메인 페이지에서는 사라지지만 도서 상세 페이지나 통합 검색 결과 화면에서 계속 '오늘의책'으로 표시된다. 처음 온라인 서점이 문을 열었을 때만 해도 한 번에 단 한 권의 책만 선정해서 보여 주었는데, 두 권으로 바뀌고 네 권으로까지 늘며 그 영향력이 예전 같지 않은 것처럼 보이지만 여전히 많은 출판인이 자신이 만든 책이 '오늘의책'이 되기를 바란다. 간혹 '오늘의책'도 광고라고 오해하는 사람이 있는데, 꽤 많은 시간과 노력을 들여 MD가 정하는 것이니 오해하지 않길 바라 본다.

　　'오늘의책'은 '새로 나온 책 중에서 화제성과 이슈, 의미, 상징성을 지녀 독자에게 사랑받을 책'이라는 기준으로 선정된다. 판매량이 많지 않을 것이 뻔히 예상되는 책이라도 지금 시점에서 소개할 만한 책, 독자에게 꼭 알려 주고 싶은 책이라면 주저 없이 선정하기도 한다. 물론 MD들의 선정 기준은 저마다 차이가 있다. 대중성과 확산성을 중시하는 이도 있고, 출판사와 협의

해서 따낸 우리 서점에서만 받을 수 있는 굿즈나 독자 대상 강연회와 같은 구매 혜택을 중시하는 이도 있으며, 판매보다는 의미와 상징성을 중시하는 이도 있다.

각각의 인터넷 서점이 선정하는 '오늘의책'을 살펴보면 다들 비슷한 듯하지만 조금씩 차별되는 특징이 있다. 가령 내가 일하는 서점은 다른 서점에 비해 유아동 도서가 '오늘의책'으로 노출되는 비중이 높은 반면 A서점은 소설과 에세이 분야 도서가 많이 선정되는 편이다. 코로나바이러스감염증(코로나19)이 전 세계를 뒤흔든 이후에는 사회적 거리두기 단계 강화에 따라 편집회의를 비대면으로 진행하기도 했는데, 그러다가 다시 한자리에 모여 책 이야기를 나누던 날에는 이 회의 시간이 얼마나 소중한지 새삼 깨닫기도 했다.

이렇게 빡빡한 오전을 보내고 나면 점심시간에도 숨을 좀 돌릴 수 있다면 좋겠지만, 출판사와의 식사 약속이 있는 날이 여럿이다. 우리나라에서 한 해에 나오는 신간 종수는 약 8만 권. 52주로 나누면 한 주에 나오는 책이 1,500권이 넘는다. 이처럼 많은 책을 소개하려고 출판사마다 미팅을 신청하니 미팅 시간은 자연히 짧아질 수밖에 없다. 그러니 출판사 마케터들과 세상 돌아가는 이야기를 주고받거나 좀 더 여유를 갖고 나눠야 하는 일 이야기가 있으면 점심시간을 이용하는 편이다. 아무래도 업무 관련 이야기가 대부분이니 친밀한 이들과의 즐거운 식사라 하더라도 일은 일! 점심시간마저 마냥 자유롭진 않다.

식사를 마치고 자리로 돌아와 오후 업무가 시작되기 전까지 잠깐 숨을 돌리고 나면 이제 본격적으로 출판사 마케터와의 미팅이 시작된다. 온라인 서점이 처음 생겼을 때만 해도 출판사와의 미팅은 주로 구매 담당자의 몫이었으나 도서 구매와 재고 관리, 프로모션을 MD가 담당하게 된 후에는 출판사 마케터나 편집자, 대표와의 미팅도 MD의 일이 되었고 이들의 메일과 전화에 응대하는 것도 MD의 주 업무가 되었다.

대개 온라인 서점은 오후 업무 시간 중 한두 시간을 신간 미팅 시간으로 정해 둔다. 그 외 시간에는 다른 업무에 집중하기 위함이다. 오전에는 도서 발주와 미입고 도서 확인, 오후에는 미팅룸에서 출판사와 신간 미팅을 가진 후, 자신의 자리로 돌아와 책을 차분히 살펴보면서 미팅에서 논의한 일들을 처리한다. 오후 내내 미팅하느라 정작 출판사에서 전달한 책을 살필 시간이 부족하다면 그것만큼 아이러니한 일도 없지 않겠는가. 이런 이유로 미팅 시간을 정해 두는 것이 효율적이라고 판단해 오늘에 이르게 됐다.

출판사에서 MD를 만나러 오는 데엔 여러 이유가 있겠지만, 보통은 새로 나온 책을 전달하고 알리거나 판매 추이 등에 따라 책을 좀 더 팔기 위한 프로모션 등을 논의하기 위해서다. 최근에는 책 내용을 좀 더 깊이 있게 소개하려고 마케터나 영업자가 아닌 책을 만든 편집자나 기획자가 직접 방문하여 미팅을 진행하는 일도 많아졌다. 작은 출판사의 창업이 늘어나며 출판사 대표나 편집자, 마케터의 구분 없이 올라운드 플레이어로 일하는 이들이 늘며 미팅을 제안하는 이유와 미팅의 면면도 다양해지고 있다.

미팅 시간은 한정적이고, 만나야 할 이들은 여럿이니 자연히 미팅룸은 항상 북적거린다. 출판사 마케터가 체감하기에는 MD와 마주하는 시간이 5분에서 10분 남짓이겠지만, MD는 하루 평균 10건 이상의 미팅을 진행하고 다른 업무까지 살펴야 해서 시간을 더 할애하기가 어렵다. 미팅을 하고 나면 다시 확인해야 할 일, 챙겨야 할 일도 한아름 더해진다. MD와의 미팅 후 회사로 돌아간 마케터나 영업자도 아마 마찬가지일 것이다.

사람과 사람이 만나 서로가 원하는 것을 얻기 위해 의견을 주고받는 일은 아마 누구에게나 쉽지 않을 것이다. MD와의 미팅이 힘들다는 마케터나 편집자가 많은데, 이들을 응대하면서 개인적인 감정을 가능한 드러내지 않아야 하는 MD도 마찬가지다. MD는 많은 사람의 주장과 바람을 듣고 그중 최선이라고 생각하는 나름의 결정을 해야 하는 자리이기에, 모든 것을 가능하다고 할 수도 없고 무조건 안 된다고 잘라 말할 수도 없다. 개인적으로 너무나 좋아하는 작가의 책을 받아 들었다 해도 드러내 놓고 환호해서는 안 되고, 별 관심 없거나 심지어 열렬히 반대하는 내용을 담은 책이라 해서 심드렁하거나 불쾌한 기색을 내비쳐서도 안 된다. 추천할 책을 선택하는 것은 나의 몫일지 몰라도 결국 어떤 책을 골라 구매할지 결정하는 것은 독자다. 책에 대한 판단은 독자들이 한다.

이런 자리인 만큼 늘 무념무상의 평상심으로 출판사 담당자들을 만난다면 이상적이겠으나 MD 역시 부처님, 예수님이 아닌 평범한 사람일진대 어떤 날은 날이 좋아서 기분이 좋고, 어떤 날은 날이 좋지 않아서 울적할 수도 있을 터다. 울적한 기분을 억지로 끌어올려 최대한 친절히 응대하려 애쓰며 한나절 동안 10명 이상의 사람을 만나고 나면 퇴근 무렵엔 손가락 하나 까딱하기도, 입 한 번 달싹이기도 싫어지는 날이 있다. 그렇다고 그 기분 그대로 사람들을 만난다면 "무슨 일 있으세요?"라는 인사 아닌 인사를 열두 번도 더 듣게 될 것이고, 그나마 그런 말에 순발력 있게 대처라도 못하면 "OO MD는 엄청 퉁명스럽다고 하더라고……" 하는 식의 이야기가 떠돌다 내 귀까지 들려오는 경우도 왕왕 생긴다. 그러니 업무에 걸맞은 적당한 가면을 쓰고 마치 연기하듯 응대하는 편이 낫겠다는 생각까지 들 때도 있지만, 정 많고 말 많고 촉까지 예민한 출판 동네 특성상 가면을 쓰고 사무적으로 대하면 분명 이런 얘기가 나오게 되어 있다. "OO MD는 정이 없어." 그렇다고 사근사근하고 친절하게만 나가면 '호의'를 '둘리'로 받아들이는 어이없는 상황에 부닥치게 될 때도 있으니, 밀고 당기는 협상이 필요할 땐 매우 불리해질 수도 있다. 어떤 경우든 감정 소모가 큰 것은 어쩔 수 없어 늘 중용의 미덕을 아쉬워하고 있다.

이와는 다른 차원의 감정 소모를 느끼는 일도 자주 있다. 좋은 책을 만나면 저절로 어깨에 힘이 들어가고 이 책을 내가 제일 빨리 알려서 누구보다 많이 팔아야겠다는 생각에 속으로 신이 난다. 그러니 책을 가운데 두고 나누는 대화도 즐겁기 그지없다. 반대로 기대에 미치지 못하거나 MD의 시각에서 안타까운 지점이

보이는 책을 만나면, 마음은 냉정해져도 눈을 반짝이며 책에 대한 호의적인 평가를 기대하는 담당 마케터나 편집자에게 차마 그 의견을 건넬 수 없어 곤혹스럽다. 때때로 책의 판매 추이나 상황과 전혀 맞지 않는 프로모션이나 이벤트를 제안하는 영업자에게 충분히 설명을 했음에도 무작정 우기거나 벌컥 화를 내면 또 어떤 이유를 들어 설득해야 할지 난감하기도 하다. 예의를 갖추고 매너 있게 다가오는 상대방에게는 나 역시 그에 맞게 응대하려고 노력하지만, 다양한 사람을 만나다 보면 과연 어디까지 예의를 갖춰야 할지 혼란스러워지는 경우도 있다. 전화를 받자마자 소리부터 지르는 사람("당신 누구야?! 담당자 바꿔!!"), 미리 미팅 시간을 잡지 않고 막무가내로 나타나는 것을 당연하게 여기는 사람("지나가던 길에 들른 건데, 꼭 약속을 잡고 와야 하나요"), 다른 서점 MD에게 보낼 메일을 내게 보내고선 왜 요청한 걸 안 했냐고 따지는 사람 등등. 예의 있는 편집자와 마케터가 훨씬 많지만 아주 간혹 나타나 MD들을 경악하게 하는 이들도 있다.

목과 어깨 통증, 손가락과 손목 저림 등의 고질적인 직업병을 부르는 수천 번의 마우스 클릭이 필수인 발주, 판매량 확인, 상품과 웹페이지 관리, 끊임없는 미팅,

회의로 MD의 하루 일과는 숨 가쁘게 돌아간다. 그나마 다행인 것은 야근할 일은 비교적 적다는 것이다. 야근이 많지 않은 이유는 간단하다. 대부분의 업무가 출판사와 소통하고 연락해야만 해결되는 일이라 이들이 퇴근한 이후에 할 수 있는 업무가 지극히 제한적이기 때문이다. 그러니 출판사 근무 시간 동안 더 부지런히 일하고 확인할 밖에.

이렇게 '비교적' 야근은 없지만 이벤트 기획서를 그리거나 분기 보고서 등을 작성하느라 간혹 늦게까지 업무를 처리하는 건 다른 직장인과 별반 다를 것이 없다. 이런 하루가 다섯 번 모이면 일주일이 되고, 이런 일주일이 네다섯 번 모이면 한 달이 지난다. 이렇게 우리는 일 년을 살며 울고 웃는다.

4
{ **책을 보는 눈 그리고 파는 감각** }

유홍준의 『안목』(눌와, 2017)에는 이런 구절이 있다. "예술을 보는 안목은 높아야 하고, 역사를 보는 안목은 깊어야 하고, 현실의 정치·경제·사회를 보는 안목은 넓어야 하고, 미래를 보는 안목은 멀어야 한다는 생각이 든다." 이는 수많은 책 중 독자에게 선보일 책을 고르는 도서 MD에게도 적용할 수 있을 것이다. MD는 잘 팔릴 것 같을 뿐 아니라 의미와 상징성이 있고 또한 새롭고 참신하면서도 모두의 공감을 얻을 만한 생각을 담은 책을 선정할 수 있어야 하고 또 그런 책을 독자에게 권해야 더 많이 팔 수 있다.

　MD가 책을 고르는 기준은 넓고도(많은 책 중에서)

깊어야(중/고급 독자에게도 추천할 수 있는 일정 정도의 지식) 하며, 멀리 보고(지금만 볼 게 아니라 과거와 미래를 보아야) 높아야(판매는 많이!) 한다. 위의 기준을 모두 충족하는 책이라면 다들 큰 이견 없이 좋은 책이라는 타이틀을 붙여 줄 것이라 생각한다. 우리 모두는 그런 책을 만들고 팔기 위해 부단히 노력하지만, 그런 책은 흔치 않은 것이 현실이다. 그러므로 어떤 책에 더 우선순위를 두어 살피고 어떤 책을 후순위로 둘 것인가는 저마다 각자의 가치 판단에 따를 것이다. MD는 아무래도 '잘 팔릴 것인가' 하는 가치 판단을 최우선으로 할 수밖에 없다. "책은 문화 상품"이라고들 하는데, 문화에 방점을 찍을 것인가, 상품에 방점을 찍을 것인가에 대해서는 각자 생각이 다를 것이다. 나는 MD인 만큼 '상품'에 좀 더 비중을 두려 한다. MD는 자신이 담당하는 도서 분야, 팀, 본부, 나아가 서점의 매출을 책임지며 매해, 매 분기, 매월 주어지는 매출 목표를 달성하기 위해 '뭐든지 다' 한다. 이처럼 주어진 매출 목표를 달성하려면 잘 팔리는 책을 남들보다 빠르게 가려내어 적재적소에 배치하는 일이 무엇보다 중요하다.

잘 팔리는 책이 좋은 책인가, 하면 반드시 그렇다고 할 수는 없으나 내 생각이나 가치관과 맞지 않는 책이

라도 팔리는 책엔 반드시 나름의 이유가 있다는 게 MD
들의 공통된 의견이다. 이런 연유로 나는 서점이나 출
판사에서 처음 일하는 이들과 얘기할 기회가 생기면 꼭
매출이라는 '숫자'의 무게를 가벼이 여기지 말라는 말
을 해 주곤 한다. 컬러링북이 베스트셀러 순위에 오르
내렸던 이유는 거창한 도구 없이 큰 힘을 들이지 않고
도 비교적 간단하고 쉽게 성취감을 맛보며 위안을 찾
고 싶은 이들이 많았기 때문이고, 『82년생 김지영』(민
음사, 2016)이 출간한 지 2년이 지나 역주행으로 누적 부
수 100만 부를 돌파한 것은 주변부로 밀려나 있던 여성
들의 이야기에 많은 이들이 새삼 관심을 가지게 된 사
회 분위기와 2018년 벌어졌던 '미투' 운동의 영향 때문
이다. 베스트셀러는 그 시대 사람들이 원하는 것, 바라
던 것의 궤적이며 가장 많이 팔린 책의 목록일 뿐 좋은
책의 목록이라고 단정 지을 것은 아니다. 이를 잘 참작
해서 베스트셀러 순위를 들여다보면, 또한 어떤 책이
어떤 연유로 잘 팔렸는지를 생각하다 보면, 우리 사회
의 관심사와 욕망이 어디로 향하고 움직이는지, 그것이
어떻게 책과 출판 시장에 반영되는지를 파악할 수 있
다. 매출에서 드러나는 숫자의 크기는, 우리 사회의 관
심사가 어디로 향하는가를 보여 주는 지표이기도 한 것

이다.

또한 이제 막 입사해 MD로 일하게 된 후배들에게는 다양한 관심사를 가지라고 당부한다. 책을 파는 사람은 깊이 있게 아는 것도 좋지만 두루두루 호기심을 가지고 폭넓게 아는 편이 좀 더 유리하다. 세상 돌아가는 이치도 좀 알고 다양한 관심사도 가지려면 뭘 어떻게 해야 할까? 기본으로 신문과 TV 뉴스를 챙겨 보는 것을 추천한다. 신문 지면과 TV 프로그램에 소개되는 책을 살펴보며 세상의 많고 다양한 주제 중 어떤 것을 다룬 책에 사람들이 관심을 두는지, 우리 사회의 트렌드에 따라서 사람들이 찾는 책이 어떻게 변화하는지를 파악해 보는 것은 MD의 안목을 길러 주는 데 많은 도움이 된다. 책을 추천하는 글은 온라인 여기저기에서도 쉽게 찾아볼 수 있지만, 신문에 실린 기자의 서평이나 전문가 리뷰는 대부분 기승전결이 잘 갖춰진 좋은 글이니 눈여겨 볼 것을 추천한다.

포털의 실시간 검색어를 수시로 살피거나 지금 어떤 영화나 어떤 음악이 인기인지 살펴보는 것도 좋다. 특히 원작이 있는 개봉 영화가 인기를 끌면 베스트셀러 탄생으로 이어질 수 있으니 더 주의 깊게 살펴야 한다. 우리 출판 시장은 원작이 베스트셀러였든 아니든 일단 영화로 제작되면 원작 도서도 다시 판매가 증가하는 경향이 강한 편이다. 몇 년 전 베스트셀러 자리를 휩쓸고 지나갔던 『꾸뻬 씨의 행복 여행』(오래된미래, 2004), 『창문 넘어 도망친 100세 노인』(열린책들, 2013)은 영화 개봉과 함께 다시 인기가 올라간 대표적인 경우다. (정작 영화를 봤다는 사람은 많지 않다는 것이 함정!) 『위대한 개츠비』, 『셜록 홈즈』부터 최근의 『작은 아씨들』까지 여러 출판사에서 중복 출판되어 누구나 한 번쯤은 읽거나 들었을 고전 작품은 영화로 새롭게 제작될 때마다 베스트셀러 목록에 오르내리기를 반복한다. 영화 『인터스텔라』의 흥행 이후 영화를 과학의 관점으로 분석한 책이 인기를 끌기 시작하며 과학 교양서 시장에 활력이 돌기 시작한 것은 영화가 가져온 또 다른 긍정적인 영향이라 해야 할까.

　SNS를 비롯한 웹상의 다양한 커뮤니티에서 어떤 이야기가 오가는지 꾸준히 훑어보는 것도 책을 보는 눈을 밝히는 데 도움이 된다. 축구, 야구, 육아, 패션, 아이돌 등 다양한 관심사에 따라 모인 이들이 간혹 사회 이슈에 의견을 피력하거나 대화를 나누는 내용을 살펴보면, 나아가 같은 주제를 놓고 어떤 다양한 생각을 하는지를 유심히 보면 대중의 관심이 어디로 향하는지 흐름을 짐작할 수 있다. 이외에도 개인의 관심사나 일상을 공유하는 블로그, 트위터, 페이스북, 인스타그램과 같은 SNS부터 다양한 주제를 알기 쉽게 소개하는 팟캐스트나 유튜브 채널 등도 모두 책을 알리고 소개하는 데 이용되고 있다. 반대로 이런 채널을 통해 소개된 콘텐츠를 책으로 기획해 출간하는 경우도 늘고 있다. 인터넷망을 통해 제공되는 콘텐츠로 기획한 책은 팬덤을 가진 덕분에 판매도 어느 정도 보장이 된다. 그러니 자신의 관심사에 맞는 것을 살펴보며 책으로 묶을 수 있을지를 생각해 보는 것도 안목 키우는 데 도움이 될 것이다. 현재의 출판 시장은 백만 명이 읽는 밀리언셀러가 나오기 힘든 구조로, 확실한 취향을 가진 타깃을 공략하여 팬덤을 자극하는 쪽으로 방향을 잡고 있다. MD 역시 자신의 확실한 취향이 있다면 이를 도서 기획/판매와 연관 지어 생각하고 활용해 볼 수도 있을 것이다.

여기까지는 과연 어떤 책이 왜 인기가 있는지, 왜 잘 팔리는지 등을 살펴보고 미리 예측할 수 있는 안목을 기르는 정도에 관한 이야기이다. 농담 반 진담 반으로 책의 70퍼센트는 트렌드와 이슈로 팔리는 것이고, 20퍼센트는 운으로 팔리는 것이니 MD의 역할은 10퍼센트 미만이라고 말하곤 하는데 아이러니하게도 매출은 MD가 그 10퍼센트를 어떻게 하느냐에 달려 있다고 해도 과언이 아니다. 잘 팔리는 책을 더 많이 팔아 매출을 달성해야 하는 것이 MD의 역할이라고 한다면, 가능하면 그중에서도 좋은 책을 발 빠르게 선택하여 더 잘 팔 수 있도록 하는 것은 바로 MD의 안목과 취향에 좌우되지 않을까. 잘 알려지지 않은 책을 재빨리 골라내 남들보다 반보 앞서 소개하고 그것이 판매와 연결되어 확산될 때 MD는 보람을 느낀다. 거듭 강조하는데, 판매량이 책의 가치를 증명하는 절대적 기준일 수는 없다. 하지만 많은 독자 고객이 MD의 선택을 믿고 그 책을 찾아줬다는 반증이 되기도 하고, 책을 많이 팔아야 하는 MD의 책무를 생각하면 판매량이 MD의 능력을 판단하는 기준 가운데 하나는 될 수 있을 것이다.

이쯤에서 다시 유홍준의 『안목』에서 문장을 빌려와 보자. "안목에 높낮이가 있는 것은 미와 예술의 세계가 그만큼 다양하고 복잡하기 때문이다. 보통 예술적 형식의 틀을 갖춘 작품을 두고서는 안목의 차이가 잘 드러나지 않는다. 그러나 기존 형식에서 벗어나 시대를 앞서가는 파격적인 작품 앞에서는 안목의 차이가 완연히 드러난다. (……) 많은 예술 작품이 작가의 사후에야 높이 평가받은 것은 당대에 이를 알아보는 안목이 없었기 때문이다." 누구나 잘 팔릴 것이라 예측할 수 있는 책을 골라내는 것은 안목과는 아무 관계가 없다. 내가 좋다고 생각했던 책을 골라내어 이를 세상에 널리 소개하고 알리는 것이 우리가 잘했으면 하는 일이므로, 이것이 MD에게 안목이 필요한 이유다.

내가 좋은 책을 고르는 나름의 기준은 다음과 같다.

① 얼마나 새롭고 참신한 시각으로 세상을 바라보게 해 주는가

② 책 읽는 이들에게 생각할 만한 문제를 계속 던져 주는가

③ 이 책을 통해 또 다른 책을 읽고 싶어지는가

좋은 책을 발견하는 감각과 많이 파는 감각은 같은 듯 다르다는 생각을 많이 한다. 좋은 책을 발견하여 추천하는 것은 MD만 할 수 있는 일이 아니다. 좋은 책을 발견하여 추천하는 것은 그 책의 독자라면 누구나 할 수 있고, MD의 역할은 거기에서 그치면 안 된다. 트렌드나 이슈에 따른 판매는 하늘만 아는 것이니 일개 MD가 어찌할 수 없는 부분이지만, 이를 서점에서 어떻게 보여 주어 판매와 연결할 수 있는가에 대해선 다양한

방법을 생각해 볼 수 있는 것이 MD다.

리뷰를 쓰거나 소개 영상을 만드는 것부터 시작해 책의 가치를 돋보이게 할 기획전을 만들 수도 있을 것이고, 책의 일러스트나 문구를 활용한 아이디어로 굿즈를 제작해 책을 한 번 더 눈여겨보도록 할 수도 있을 것이다. 출판사와 협업을 통해 새로운 상품을 만들어 볼 수도 있을 것이고, 서점의 외연을 넓혀 다양한 곳에서 책을 발견할 수 있도록 여러 가지 시도를 해 볼 수도 있다. MD는 가능하다면 많이 팔리는 책이 좋은 책이길 바라며 또한, 가능하다면 좋은 책, 많이 읽었으면 하는 책을 독자에게 알리길 바란다. 그래서 많이 팔고 싶은 좋은 책을 알리기 위해서 개인 SNS를 활용하는 MD도 있고, 강연이나 방송 출연 등의 외부 활동을 하는 MD도 있다.

나의 안목에 따라 고르고 추천한 책이 독자에게 꾸준히 읽히면, 내가 만든 책이 아니어도 마치 내가 만든 책인 양 뿌듯한 마음이 든다. 꼭 판매와 연결되지 않아도 나만큼 그 책을 좋아해 주는 독자를 만나는 것 역시 즐거운 일이다. 물론 판매, 그중에서도 '많은' 판매로 이어진다면 더더욱 감사하고 기쁠 것이고.

하지만 안목을 기르는 것이 어디 쉬운 일일까. 다양

한 관심사를 가지고 책을 읽고 또 읽으면 어느 날 느닷없이 안목이 생길까? 책을 안 읽는 것보다야 훨씬 좋겠지만 단연코 그럴 리는 없다. 1만 권의 책이라도 단순히 기계적으로 읽는다면 절대 얻지 못할 것이 안목이다. 요즘도 "일 년에 백 권의 책을 읽었다"라거나 "만 권의 책을 읽고 인생이 달라졌다"라는 식의 자기계발서들이 독자의 호기심을 자극하고 있지만, 과연 단순히 수량만 채우는 독서로 깊이를 가질 수 있을까? 중국 송나라의 문인 구양수가 말한 '다문다독다상량'多聞多讀多商量은 보통 쓰기의 비법으로 일컬어지지만, 안목을 기르는 방법이기도 하다. 많이 읽는 것만으로는 부족하다. 많이 듣고, 많이 읽고, 많이 헤아려 생각하는 것이 중요하다. 어쩌면 이따금 많은 책을 읽는 것보다는 한 권의 책을 여러 번 읽고 반복하여 곱씹거나, 아예 책을 덮고 바깥으로 나가 사람들의 이야기에 귀를 기울이고 많은 얘기를 나누며 견문을 넓히는 것이 안목을 기르는 데 더 도움이 될지 모르겠다. 눈 밝게 좋은 책을 찾고, 찾아낸 책을 더 잘 팔아 널리 알리려면 결국 세상 속에서 답을 찾아야 할 테니 말이다.

5
읽지 않은 책에 대해 말하는 법

서점에서 일하다 보면 "책을 정말 많이 읽으시겠네요"라거나 "서점에서 일하신다니…… 책은 한 달에 몇 권이나 읽으세요?" 하는 질문을 자주 듣는다. 이때 여지없이 따라오는 말은 "저는 책을 안 읽은 지가 좀 돼서……"가 아닐까. 그렇다. 해마다 국민들의 독서량이 줄고 있다. 문화체육관광부가 발표한 '2019 국민 독서실태 조사'에 따르면 대한민국 성인은 일 년에 평균 6.1권의 책을 읽는다. 이 독서실태 조사는 격년으로 이뤄지는데, 조사를 시작한 이래 우리 국민의 1인당 평균 독서 권수는 해마다 최저치를 갱신한다. 물론 MD는 대한민국 평균치와는 비교가 안될 만큼 많이 읽기는 한다. 그렇다고 해서 "서점에서 일하니" 하루 종일 회사에서 책만 읽는 것은 아니고, 그럴 수도 없다. 앞서 이야기했듯 대부분의 온라인 서점 MD는 출근하자마자 발주 업무 처리와 출판사와의 전화 통화, 각종 회의로 오전 시간 대부분을 보내고, 오후 내내 출판사와의 신간 소개 미팅이 줄을 잇다가 퇴근 전까지 미팅에서 파생된 각종 업무를 처리하고 나면 어느덧 하루가 저문다. 하루 종일 책 만드는 사람들과 책 관련한 이야기를 하며 책을 들었다 났다 펼쳤다 덮었다 하며 훑어보지만, 업무에 필요한 책이라도 그 한 권을 집중해서 제대로 검토할 시간을 업무 시간 내에 만들기란 거의 불가능하다고 봐야 한다.

온라인 서점에 등록되는 신간은 하루에 몇 권일까? 2020년 1월~6월 사이에 온라인 서점 예스24에 등록된 신간의 수를 일평균으로 헤아려 보니 238.6권이었다. 대한민국 평균치보다 많이 읽는다고 해도 절대 저 많은 책을 다 읽을 방법은 없다. 마음먹고 완독해야 할 책이라는 판단이 서면 업무 시간과는 별개의 책 읽을 시간을 확보해야 한다. 이쯤 되면 재충전과 여가활동의 의미를 지닌 독자로서의 독서는 저 멀리 날아가고 회사원으로서 업무를 위한 MD의 독서만 남는다. 세상 어딘가에는 업무 시간 이외의 개인 시간까지 몽땅 독서에 투자하는 치열한 MD도 분명 있긴 할 것이지만 솔직히 나는 그렇지는 않다.

여기까지 듣고 나면 많은 이가 궁금해할 것 같다. "그러면 다 읽어 보지도 않았는데 어떻게 책을 추천하세요?" 이제부터 그 노하우 몇 가지를 조심스레 공개해 본다. 피에르 바야르의 『읽지 않은 책에 대해 말하는 법』(여름언덕, 2008)에서는 '비독서의 방식'으로 다음의 네 가지 경우를 든다.

① 책을 전혀 읽지 않은 경우
② 책을 대충 훑어보는 경우
③ 다른 사람들이 하는 책 얘기를 귀동냥한 경우
④ 책의 내용을 잊어버린 경우

그리고 책을 읽지 않았지만 말을 할 수밖에 없는 상황들에 다음과 같은 대처 요령도 제시한다.
① 부끄러워하지 말 것
② 자신의 생각을 말할 것
③ 책을 꾸며 낼 것
④ 자기 얘기를 할 것

MD로 일하다 보면 이래저래 책 소개나 추천을 해 달라는 요청을 많이 받는다. 허나 세상의 책을 다 읽었을 리도 없고 대부분의 책은 대충 훑어보긴 했지만 완독했다고 말하기엔 민망한 수준이거나, 다른 이의 독서 후기 감상을 듣거나 읽어서 알긴 해도 내가 읽은 것은 아니거나, 분명히 읽긴 했는데 그 내용을 까맣게 잊었거나, 혹은 전혀 읽지 않은 책일 경우가 많다. 내가 읽은 책은 왜 이리도 적고 그나마 기억도 안 난단 말인가! 그러니 MD에게 읽지 않은 책에 대해 말하는 법은 꼭 필요한 대처 방법이다. 그렇다고 말 그대로 읽지 않은 책을 읽은 듯 말하자는 것은 아니고 최소한의 정보로 어떤 책이 좋은 책인가를 판단하는 것과 완독하지 않고도 그 책을 최대한 빠르고 정확하게 파악해야 하는, 도서 MD로서의 경험에 관한 이야기라고 생각해 주면 좋겠다.

온라인 서점에 책을 등록하려는 출판사에서는 서지 정보를 담은 자료와 표지 이미지 파일을 보내오는데, 이를 통칭 '보도자료'라 부른다. 책의 보도자료를 읽어 보면 책을 모두 읽지 않아도 책을 만든 사람이 그 책의 판매 소구점이 무엇이라고 생각하는지 파악할 수 있다. 간혹 책 내용을 소개하는 글로만 빼곡히 채운 보도

자료나 비슷비슷해 보이는 외국 언론의 추천평으로 가득 메운 두꺼운 자료를 받기도 하는데 그보다는, 2~4쪽 정도 분량으로 서지 정보와 분야, 저자 소개와 핵심적인 추천평 등으로 간략하게 작성한 보도자료가 MD에게는 더 유용하다. 출판사에서는 이렇게 미리 보도자료를 보낸 후 미팅 시간을 잡아 실물 도서를 들고 온다. 이때 책의 담당자들에게 내용에 관한 설명이나 홍보의 말을 직접 들으면 아무래도 책을 좀 더 정확하고 깊게 파악할 수 있다. 그리고 이들이 가져 온 실물 도서를 훑어보면서 제목과 표지 디자인, 뒤표지나 띠지에 적힌 추천사 등으로 책에 대한 자신만의 인상을 갖는다. 이와 동시에 미팅에서 오가는 대화 속에서 그 책이 가진 의미와 상징성, 비슷한 소재를 다룬 기존 책들과의 차별점, 화제성에 대한 정보는 물론이고 책을 만들고 소개하는 사람의 열정과 자부심까지 자연스레 알게 된다. 이러한 반복되는 경험을 통해 일로써 책을 접하다 보면 이 책이 팔릴 책인지 아닌지에 대한, 꽤 확률이 높은 나만의 기준이 생긴다.

사실 베스트셀러 출간 경험이 있는 작가나 출판사의 신작이라면 좀 더 눈길이 가는 것은 어쩔 수 없다. '와 제목 잘 뽑았다!' 하는 생각이 절로 들면 팔리겠다는 예상도 당연히 강해진다. 책의 얼굴 격인 표지가 눈길을 끌면 그 확률이 더 높아지는 건 당연지사! 책의 디자인과 제목을 살펴보며 출판사의 성향도 가늠해 보고(대중적인 책을 내는 출판사인지 아닌지), 혹 출판사의 첫 책인지(대개의 출판사는 첫 책이 자신들을 대표할 얼굴이라 생각해 더 공들여 만들고 홍보에도 주력하는 편이다), 저자는 어떤 이력을 가졌는지, 어떤 주제를 다뤘는지 등도 살펴본다.

이렇게 한 주에 평균 1,600종의 책을 만난다. 그런데 이 중에 약 80~90퍼센트는 훑어보는 것마저 좀 미루어도 괜찮겠다고 판단하고 과감하게 제외한다. 개인적으로 그렇게 '미뤄 두는 책'의 기준으로 삼는 것 한 가지를 꼽는다면, 대표 겸 저자가 '나의 자전적 에세이'를 직접 편집해 (출판사의 첫 책으로) 출간하는 경우다. '내가 살아온 이야기를 책으로 쓰면 한 권으론 어림도 없지' 하는 이들의 이야기가 생각보다 흔한데, 그 이야기가 보편적인 감동을 얻으려면 선택과 집중이라는 편집 과정이 어느 정도 필요하다는 것이 나의 의견이다. 당신이 살아온 여정이 별것 아니라서 그렇다는 것은 절대 아니고, 그 인생을 객관적으로 들여다보고 지인이 아닌 '독자'에게 전하려면 적어도 자신이 아닌 다른 사람의 손길을 거치는 것이 필요하다는 생각에서다. 그래야 대중이 공감하고 감동할 지점도 생긴다. 그렇지 않은 경우 주관적인 서술이나 감정의 나열일 확률이 크다. 이런 경험에 따른 판단으로 그런 책은 검토할 책에서 후순위로 미룬다.

이렇게 책을 가려내고 나면 목차부터 서문, 본문 한두 꼭지 정도를 빠르게 훑어 독자에게 추천할 만한 책의 후보 목록에 넣을지 여부를 결정한다. 그런 후 완독할 책, 즉 다 읽은 후에 최종 추천 여부를 결정하겠다고 마음먹게 되는 책은 권수가 상당히 줄어든다. 사실 책을 꼭 완독해야만 추천할 수 있는 것도 아니다. MD의 추천은 독서만을 위한 것이 아님을 기억하시라! 도서 MD는 이러저러한 이유를 들며 이 책을 '사서' 읽어 보라고 권하는 사람이지, 끝까지 읽은 후 독서록을 제출하라고 숙제를 내는 학교 선생님이 아니다. 그렇기에 단순히 책 읽기를 좋아한다는 이유만으로는 도서 MD가 될 수 없고, 되어서도 안 된다. 도서 MD는 한 권의 책을 깊이 있게 읽고 추천하기보다는 사회 현상과 트렌드에 민감하게 반응해 이에 맞는 책을 다양하고 폭넓게 추천하고, 그 추천 행위를 통해 궁극적으로는 책의 판매를 극대화시켜 매출 신장을 이뤄 내는 사람이다.

책 전체의 내용을 알려 주는 것만이 좋은 추천인 것도 아니다. 사람들의 마음을 사로잡을 한 문장만을 뽑아 소개하는 것만으로도 '사고 싶은 책'으로 만들 수 있다. 서점은 각종 '충동구매'와 '묻지 마 구매'를 부추기며 책을 사도록 적극 권장하는 곳이고, 어떤 추천에라도 혹해서 일단 당신이 책을 구입했다면 이미 게임 끝, 우리 목적은 달성됐다!

이런 '선택'에 따른 판단과 추천은 놀랍게도 9할 이상 적중하는 편이다. 그러나 MD도 사람인지라, 오판하는 경우가 왕왕 발생한다. 간혹 앞의 두세 단락까지만 휘리릭 읽은 후 "이 책은 A와 B라는 내용에 대해 얘기하는데 흥미로운 문체 덕에 쉽게 읽어 볼 만합니다"라고 자신 있게 추천한 후, 판매까지 순조롭던 어느 날 '뒷부분도 마저 읽어 볼까' 하며 책을 읽었는데 막상 A가 아닌 A'에 관한 이야기라는 것을 깨달았을 때의 당혹스러움이란! 행여 나의 소개로 이 책을 선택한 이들이 '그 MD가 얘기한 것과는 좀 다른 내용이네?' 하며 고개를 갸웃거릴 생각을 하면 자다가도 이불킥을 하게 된다. 이보다 더 당혹스럽고 슬픈 경우는, 나의 오독과 오판으로 재고가 좀처럼 줄어들지 않을 때다.

하지만 그렇다고 해서 어느 책이 다른 어느 책보

다 더 낫거나 나쁘다고 말할 순 없다. 그저 더 팔린 책과 덜 팔린 책이 있을 뿐. 이처럼 MD의 추천과 결정은 이후 서점의 재고 구매로까지 이어지기 때문에, 우리는 이 판매 예상 적중률을 높이기 위해 최대한 많은 정보를 모아 살피고 효율적인 결정을 하려 노력한다. 비록 오해와 오독으로 책을 잘못 소개하고 한동안 혼자 부끄러워하기도 하지만 나의 일이 또 다른 독서로 이어지는 길을 만들어 주는 일이라고 생각하면, 책에 대한 오해와 오독의 경험도 그만큼 독서에 대한 경험을 풍부하게 해 주는 것이라고 말해 보련다.

　서점에서 일하는 사람으로서 독자에게 당부하고 싶은 건, 부디 책 읽는 것을 부담스러운 활동으로 생각하지 말아 달라는 거다. 사람들은 '책 좀 봐야 하는데' 하는 말을 습관처럼 하고 '책을 읽으면 인생이 달라진다'는 말도 심심찮게 한다. 그런데 그런 말을 하면서 정작 책에 대한 기억은 방학 내내 추천도서 목록을 읽고 독후감 몇 편을 써냈던 선에 멈추어 있다면 어찌 독서가 행복할 수 있을까? 어찌 독서에 가까워질 수 있겠는가? 모름지기 책을 읽는 것은 의무나 책임이 아니라 아무 부담 없이, 그저 즐거운 것이어야 한다. 이 생각은 서점에서 일하기 전이나 일하고 있는 지금이나 변함없다.

읽다 보면 밥 먹는 것도 잠자는 것도 잊은 채 한달음에 읽어 내는 책도 있지만, 손에 잡은 지 몇 년이 지나도 영 안 읽히는 책도 있다. 모든 이가 같은 속도로 책을 읽어야 한다는 법은 없으니 단숨에 읽히는 책도, 읽다가 팽개치는 책도 만나면서 나의 취향이 무엇인지 파악하다 보면 독서가 좀 더 즐거운 것이 되지 않을까?

읽고 싶은 대로 내키는 대로 읽고, 아무 책이나 대충 가져다 읽고, 읽기 싫으면 슬쩍 덮어 놓는 그런 '내 맘대로' 독서를 하시라. 돈 주고 산 책도 좋고, 빌린 책이나 도서관에서 대출한 책도 좋다. 둘러보면 읽을 책은 도처에 있다. 굳이 새로 나온 책, 남이 권하는 책만 찾아서 읽지 않아도 된다. 예전에 읽었던 책을 다시 꺼내 읽어 보며 처음 그 책을 읽었던 때와 지금의 감상을 비교해 보는 것도 재미있다. 다 읽은 책, 미처 못 읽은 책, 심지어 전혀 읽어 보지 못한 책에 대해서도 즐겁게 말하고 서로 그 경험을 공유할 수 있으면 좋겠다. 앞에서 얘기했듯, 도서 MD도 모든 책을 다 읽어 보고 떠들어 대는 건 아니니 절.대.로. 부담 갖지 마시고!

6
{ 그래서 이 책은 어느 분야로 가야 하나요 }

대부분의 서점은 책을 수월하게 찾고 관리하기 위해 분야를 나누어 운영한다. 이는 언뜻 보기에 도서관에서 쓰는 십진분류법과 비슷해 보일 수도 있으나, 온라인 서점에서 운영하는 분야/카테고리/분류는 고객이 구매하고 싶은 책을 가장 빠르고 쉽게 찾기 위한 편의상의 구분에 따라 발전해 왔다. 그리고 이렇게 나누어진 분야에 따라 이를 담당하는 분야 담당 MD들이 있다. 이렇게 분야 혹은 카테고리별로 책을 나누는 것은 지극히 매출을 극대화하려는 운영적인 측면과 조직 운영의 편의적 측면에 따른 것이기에 MD 개개인의 특성과는 전혀 무관하다. 그런데 신기하게도 MD들은 어느새 자신이 담당한 분야의 특성을 닮아간다.

특히 책을 소개하는 모습을 보면, 유아나 어린이 책 분야를 오래 담당한 MD는 아이처럼 해맑은 표정으로 천진난만하게 책 이야기를 하고, 인문사회 책을 담당하는 MD는 각종 고전이나 철학서를 자주 접한 탓인지, 철학자의 이론이나 심리학의 최신 용어 등을 언급하며 책을 소개해 왠지 모르게 진지한 학자 같은 느낌을 풍긴다. 참고서 분야를 담당하는 MD는 입시생이나 학부모 당사자도 아니면서 지난 수능의 출제 경향과 올해 시험 일정까지 파악하고 있다. 문학과 경제경영/자기계발 MD들은…… 수많은 출판사와 기 싸움을 하느라 싸움닭이 되어 간다. 처음엔 순한 양 같았던 이들도 가장 경쟁이 치열한 분야를 담당하다 보니 그렇게 변해 간 것이리라. 여담이지만, 출판사 마케터들도 자신이 일하는 출판사의 주력 분야를 묘하게 닮아 간다. 문학 출판사 마케터 중에는 마음씨 고운 문학청년 느낌인 이들이 많고, 경제경영/자기계발 분야에 주력하는 출판사 마케터들은 정장 차림의 유능한 비즈니스맨 느낌인 이들이 많다. 물론 어디까지나 개인적 생각일 뿐!

그저 임의로 나눈 분야/카테고리별 분류일 뿐이지만, 때로는 출판사도 MD도 여기에 목숨을 건다. 누가 봐도 명확하게 '아, 이건 철학이네' '이 책이라면 취미 분야로 가야지'라고 동의하는 책이 더 많긴 하지만 요즘과 같이 융합–통섭–하이브리드가 트렌드인 시대에는 책도 분야를 넘나들며 경계가 뒤섞이니 어느 카테고리로 가야 할지 모호해지는 일이 생긴다. 자기계발적 격언과 함께 직접 기록하며 실행하는 워크북을 결합한 인문교양서라거나, 요리 레시피와 아이 돌봄의 애환을 함께 버무린 육아 에세이, 2차 세계대전을 소재로 한 성인 대상의 교양 만화처럼 명확히 하나의 분야로 규정 짓기 힘든 책이 쏟아져 나오는 실정이다. 하지만 한 권의 책에 대한 매출을 여러 명의 MD가 나눠서 공유할 수도, 책임질 수도 없기에 분야가 여러 곳에 걸쳐지는데 잘 팔릴 듯하고, 출판사에서도 홍보에 주력할 계획이라는 책의 출간 소식이 들리면 출판사의 눈치작전과 MD의 고민이 본격적으로 시작된다.

출판사 편집자와 마케터 입장에서는 어떻게든 자신들의 책이 좀 더 많은 사람에게 노출될 수 있는 분야에 책이 놓이길 원하고, MD는 매출에 도움이 될 책이라면 어떻게든 제 분야로 갖고 오길 바란다. 위에서 언급한 책처럼, 좌측엔 요리 레시피 우측엔 아이를 먹이고 돌보는 아빠의 애환이 담긴 육아 에세이가 있다고 해 보자. 어느 분야로 가야 할까? 책을 만든 편집자와 마케터의 입장에선 말할 것도 없이 좀 더 많은 이에게 읽힐 가능성이 높은 에세이 분야로 분류하고 싶을 것이다. "그런데 말입니다……" 이 책의 저자가 백종원이라고 가정해 보자. 이럴 경우 요리 분야가 속한 가정 살림 MD의 입장에선 이 책을 에세이로 분류하는 것을 보고만 있어야 할까? '백종원'이란 이름이 들어간 책이 내 분야에 있으면 일주일, 한 달의 매출 금액이 달라지는데도? 만약 내가 이런 상황에 처한다면 최대한 아이디어를 짜내어 '책 판매를 위한 10가지 특별 제안'과 같은 제목으로 제안서를 만들어 그 책의 마케터에게 건네겠다. (쉽진 않겠지만) 내 분야로 분류해 준다면 최대한 많이 팔 수 있도록 이러저러한 노력을 하겠다고도 어필해 보겠다. 그럼 상대방 에세이 분야 MD의 입장에서는 그냥 당신의 분야로 분류하라고, 이번 한 번은 내가 양보하겠다고 쉽게 넘길 것 같은가? 그 한 권으로 그 달 매출 목표를 달성할지도 모르는데? 그럴 리가 없다!

두 분야 MD의 묘한 신경전 속에 마케터는 고민이 깊어진다. 이번 한 번만 보고 다시는 안 만날 사이라면 어떻게든 자기 입장을 밀어붙이면 그만이지만, 출판사 마케터와 MD는 오늘 싸워도 내일은 웃으면서 다시 만나야 할 사이기에 예의를 갖춰 은근히 자신이 원하는 바를 관철해야 한다. 그래도 한 권의 책을 두고 이처럼 두 명의 MD가 실랑이한다면, 마케터의 입장에선 다소 마음고생은 되더라도 책이 어느 정도 팔릴 것 같다는 심증을 굳힐 수 있으니 위안이 될까? 오히려 여러 MD에게 얘기했음에도 하나같이 입을 모아 '저희는 어떻게 하셔도 괜찮아요. 출판사 편하실 대로 하세요'라는 반응이라면, 더 난감할 노릇이겠다. 괜히 이 MD 저 MD에게 상의했다가 미운털만 박힌 건 아닌지, 별로 안 팔릴 것 같으니 아무래도 상관없다는 반응인지…… 마케터의 고민은 더욱 커지고 책은 제 갈 곳을 찾아 헤맨다.

MD 입장에서는 책 한 권이 내 분야로 오느냐 다른 분야로 가느냐에 따라 매출이 크게 달라질 수 있기 때문에, 출판사와 서점 내부에서의 결정 여하에 따라 속 앓이를 하지 않을 수 없다. 이를테면 같은 에세이라도 목사님이 쓰면 종교 분야로 분류될 확률이 높은데, 신부님이나 스님이 쓰면 에세이 분야로 등록될 확률이 높다. 승려가 불교에 관한 책을 쓰면 그 책은 틀림없이 종교 분야로 분류되겠지만, 법륜 스님이 쓴 수많은 책은 에세이로 분류된다. 게다가 이렇게 에세이스트로 유명한 종교인 중에는 법정 스님, 이해인 수녀님, 법륜 스님,

혜민 스님과 같은 초특급 저자들이 태반이다. 종교인인데 왜 명확히 종교 분야로 분류되는 책은 쓰지 않으시는 것인가! 종교 분야 담당 MD의 속이 시커멓게 탈 일이다.

2018년 여름 어느 날, 자기계발 담당 MD가 퇴근 무렵 메신저로 이런 얘기를 전해 왔다. "오늘 자기계발 분야로 등록된 책이 하나도 없어요. 이런 일이 있을 수가 있나요?" 처음에는 그저 같이 웃고 말았지만, 이는 단순히 하루만의 해프닝이 아니었다. 그다음 날은 등록 권수 1권, 또 그다음 날엔 간신히 3권이었지만 그중 2권은 이미 출간된 책의 문고판이라 엄밀한 의미로 신간은 아니었다. 아무리 잘 팔리는 책이 여럿 있어도 이처럼 새로 나오는 책의 종수가 절대적으로 줄어들면 해당 분야의 매출은 침체에 빠질 수밖에 없다. 난 농담 반 진담 반 담당 MD에게 이렇게 말했다. "인문 심리나 문학 에세이 분야 가서 뺏긴 책 없나 한번 찾아봐요."

한 권의 책을 어떤 분야로 분류할 것인가 하는 것도 출판 트렌드(라고 쓰고 유행이라고 읽는)의 영향을 많이 받는데, 이전 같았으면 자연스럽게 자기계발 분야에 진열되었을 책이 요즘에는 인문 심리 혹은 에세이로 분류되는 것도 그러한 흐름 중 하나다. '우연히 길 위나 비행기, 광장이나 회사에서 만난 멘토에게 다섯 가지 혹은 일곱 가지 인생의 큰 비밀을 전달받아 깨달음을 얻고 자신의 인생을 변화시켜 성공에 이르렀다' 하는 우화류의 자기계발서가 독자들에게 더 이상 예전처럼 어필하지 못하자 이를 간파한 출판사와 저자들이 심리학 이론을 활용하여 '나를 단련하고, 또한 상대방을 설득하는' 책을 쏟아내기 시작했다. 기실 책의 분류라는 것은 책을 진열하고 판매하는 이들의 잣대에 따라 나눠진 것인 터라 'OO의 심리학' '심리학으로 보는 OO' 같은 제목이 붙은 책은 슬금슬금 인문 분야로 분류되며 자기계발적 인문서, 인문학적인 자기계발서의 경계는 모호해지기 시작했다. 심지어 이미 자기계발서로 출간되었다가 시대의 변화에 따라 인문교양서로 개정하여 다시 출간되는 책들도 심심찮게 찾아볼 수 있다. 지금 생각해 보면 2018년 여름 그 날은 또 하나의 새로운 출판 흐름이 시작된 날이었는지도 모른다.

2000년대 초·중반 출판계의 활황에는 경제경영서와 자기계발서가 기여한 바가 컸다. 직원 교육의 일환으로 회사 경영에 관련된 책을 읽게 한다거나 독후감을 쓰게 하는 등의 '독서 경영' 혹은 '독서 교육'을 통해 많은 경제경영서와 자기계발서가 베스트셀러에 오르며 출판 시장도 성장했던 것. 그러나 2008년의 금융 위기 이후 기업들은 관련 비용을 대폭 줄이기 시작했고, 억지로 혹은 분위기에 휩쓸려서 자기계발서를 읽었거나, '자기계발'이라는 단어 자체에 거부감을 느끼던 독자들은 우화류의 자기계발서보다는 심리학과 철학의 외피를 입은 자기계발형 인문서를 선호하게 된 것으로 파악된다. 2008~2009년의 인문 분야 베스트셀러 목록을 살펴보면 『서른 살이 심리학에게 묻다』(갤리온, 2008), 『심리학이 연애를 말하다』(북로드, 2008), 『나는 아내와의 결혼을 후회한다』(쌤앤파커스, 2009), 『심리학이 서른 살에게 답하다』(걷는나무, 2009) 등 심리학의 전성시대가 시작되었음을 살펴볼 수 있다. 이즈음부터 많은 기업에서도 인문교양서에서 경영의 지혜를 얻겠다는 '인문 경영'을 표방하기 시작했으니 그것과도 연관이 있을 것이다.

최근 몇 년간의 인문 분야 베스트셀러 목록을 살펴보면 이러한 흐름을 좀 더 분명히 알 수 있다. 『미움 받을 용기』(인플루엔셜, 2014)나 『나는 둔감하게 살기로 했다』(다산초당, 2018), 『라틴어 수업』(흐름출판, 2017), 『철학은 어떻게 삶의 무기가 되는가』(다산초당, 2019), 『12가지 인생의 법칙』(메이븐, 2018) 등 많은 독자가 찾은

이 책들이 담고 있는 메시지는 이전의 자기계발서가 주는 그것과 크게 다르지 않지만 인문 분야에 진열되어 팔리고 있다. 마음을 다스리거나 생각을 바꾸면 나의 인생이 달라진다는 류의 책은 심리학 이론을 그 근거로 삼으며 인문교양서로 분류될 가능성이 더욱 높아졌고, 자기계발서는 『신경 끄기의 기술』(갤리온, 2017), 『자존감 수업』(심플라이프, 2016) 등 나를 지키기 위한 적극적인 방법을 제시하는 도서와 더불어 『말 그릇』(카시오페아, 2017), 『말의 품격』(황소북스, 2017), 『만만하게 보이지 않는 대화법』(홍익출판사, 2018) 등의 화술이나, 『아주 작은 습관의 힘』(비즈니스북스, 2019), 『나는 무조건 합격하는 공부만 한다』(비즈니스북스, 2019)와 같이 실용적인 변화를 유도하는 쪽으로 그 흐름이 변화하고 있다. 이제 심리서와 철학서를 찾는 이의 대부분은 플라톤과 공자, 프로이트와 아들러의 이론 그 자체가 궁금한 독자가 아니라, 그런 책을 통해 내 마음의 평화 그리고 안온한 생활을 꿈꾸는 이들일 것이다.

혹자는 한없이 가벼워지는 인문학에 통탄하기도 하나, 일단 진입 장벽이 낮아야 관심을 가져 주는 이들도 많을 거란 생각에 지나치게 상업적으로 학문을 이용하는 수준만 아니라면 괜찮지 않을까 생각한다. 자기계발서는 심리학과 철학, 과학 등의 학문에서 독자를 설득할 근거를 빌려오고, 인문교양서는 강연과 팟캐스트 등을 통해 어려운 이야기를 더욱 쉽고 가볍게 들려주려 애쓰면서 서로를 닮아 가고 있는 것을 지켜보고 있자면 앞으로는 인문이니 자기계발이니 하는 편의상의 분류도 곧 큰 의미가 없어지지 않을까 생각해 본다.

책은 사회의 흐름을 반영하는 것이므로 분야도 이에 따라 흥망성쇠를 거듭한다. 불과 10여 년 전만 해도 컴퓨터 분야는 두 명의 '편집자'를 두어야 했을 만큼 매출이 높았지만, 지금은 관련 분야 담당자가 0.5명도 채 안 된다. 한때는 '저는 XXX가 처음인데요' 'XXX 무작정 따라하기'와 같은 컴퓨터 안내서가 어느 집에나 한두 권쯤 있을 만큼 필독서로 여겨지기도 했지만, 데스크톱-노트북-스마트폰으로 단말기가 변화하는 흐름에 따라 설 자리를 잃어서 카테고리/분야 명칭도 'IT/모바일' 등으로 바뀌고 개발자들을 위한 전문서 위주의 시장으로 변화하였다. 이와 반대로 최근 몇 년간 수험서 시장이 엄청나게 성장한 것은, 금융 위기 이후 계속되는 불황으로 기업의 채용이 줄고 고용 안정성이 하락하면서 공인중개사 자격증을 따거나 공무원 시험을 준비하는 이들이 늘고 있는 사회상이 반영된 결과다.

2000년대 초반만 해도 청소년 도서는 아동서의 하위 분야로 여겨질 정도의 시장이었지만, 출판사들의 꾸준한 투자와 노력으로 지난 십 년간 질적으로도 양적으로도 꾸준한 성장을 보여 주었다. 특히 '한 학기 한 권 읽기' 운동이 초등 및 중학교 1학년까지 확대된 2019년에는 분기마다 전년 동기 대비 평균 10퍼센트의 성장을 기록하기도 하였다.

MD는 최일선에서 매일 팔리는 책들의 목록을 확인하며 자신이 맡은 분야가 어떻게 변화하는지를 읽어 낸다. 정부의 정책이 어떻게 변하느냐에 따라 주식 책이 더 팔릴지, 부동산 책이 더 팔릴지 아니면 아예 화술이나 인간관계를 다룬 책이 더 잘 팔리게 될지를 한발 먼저 예상해 봐야 하고, 작년까지만 해도 초판 판매는 거뜬했던 잡지 형태의 여행 가이드 책이 코로나19의 영향으로 예전과 같지 않은 판매량을 보인다면, 내 담당 분야의 매출을 채우기 위해서 어떤 책을 앞으로 끌어내 보여 주는 게 좋을지 궁리해야 한다. 그간 잘 팔렸던 유형의 책이 인기를 잃는다면, 시장 탓만 할 수는 없으니 기존 책 중 다시 끌어내어 보여 줄 것들을 골라 리커버를 제안한다든지 굿즈나 강연, 답사 등의 새로운 경험과 결합한 상품 등을 고민해 봐야 한다.

위에서 이야기한 것처럼 분야의 경계가 허물어지며 통섭이 이뤄지기도 하고, 사회 흐름에 따라 있던 분야가 없어지거나 새로 생겨날 수도 있고, 예전에 비해 위상이 달라지기도 한다. 또한 도서의 큐레이션이 중요해지면서 분야보다는 주제로 책을 추천하거나 찾으려는 움직임도 계속 늘어나고 있다. 어쩌면 미래의 서점엔 인문, 경제경영, 아동과 같은 분야별 분류 대신 '우울한 사람들이 읽는 책', '재테크에 관심 있는 초보를 위한 책'과 같은 주제별 분류가 대세를 이룰지도 모르겠다. 그러니 어느 분야가 요즘 잘 팔린다더라, 옛날만큼 못하다 같은 얘기는 참고만 하고, 책의 내용과 타깃 독자가 누구일까에 주력하여 이를 가장 잘 전달할 수 있는 분야에 책을 놓아야 할 것이다.

그렇다면 책을 팔아야 할 입장에서, 분야의 경계선상에 걸쳐 있는 책이 나왔을 때, 과연 그 책은 어디로 보내는 것이 유리할까? 우선 출판사에서는 그 책을 누가 읽길 바라는지, 어떤 독자를 대상으로 할 때 가장 확산성이 클지를 생각해 보는 게 좋겠다. 만약 '청소년도 쉽게 읽을 만한 근현대사 책'을 기획했다면, 책의 편집이나 기획 의도 등에서 청소년을 특정한 것이 아닌 이상, 일반 교양서로 분류하는 편이 좀 더 확장성이 클 것이다. 성공한 CEO로 잘 알려진 이가 자신이 관심을 갖고 있는 사회사업 활동에 관한 책을 냈다고 하면, 이는 저자에 초점을 맞춰 경제경영서로 분류하기보다는 저자가 벌이고 있는 사회사업 활동에 초점을 맞춰 사회 분야로 소개해야 좀 더 사람들의 관심을 끌 수 있을 것이다. 책 출간을 앞두고 거의 그 책에 푹 빠져 애정에 눈이 멀어 버린 출판사는 그 애정과 조급함 때문에 자꾸 오락가락하고 판단을 제대로 하지 못하는 경우가 꽤 있는 듯하다. 아무리 생각해 봐도 뭔가 애매하거나 혼자 결정하기 어려울 때는 고민하지 말고 주저 없이 MD의 조언을 구하는 것이 좋다. 원래 MD는 그러라고 있는 사람들이니 말이다.

생각해 보면 독자의 입장에선 책이 어느 분야에 속해 있냐 하는 것은 그 책을 찾기 전까지만 유용한 정보일 뿐, 막상 책을 손에 넣은 이후엔 그리 중요한 요소가 아닐지도 모른다. 그렇다고 해도 우리는 독자가 그렇게 찾은/발견한 책에서 재미를 느끼고, 의미 있는 메시지를 얻고 만족할 수 있도록 이 책을 어디에 놓아야/보내야 가장 많은 독자의 눈에 띌지 끊임없이 고민할 수밖에 없다.

독자들이여, 부디 많은 고민 끝에 그 자리에 진열한

책을 발견해서 바로 지금 장바구니에 담고 계시기를! 아, 장바구니에 넣기만 하면 안 된다. 장바구니에서 바로 결제로 이어지기를! 장바구니는 그저 위시리스트에 불과할 뿐이니까.

7

{ 나는 책을 파는가 굿즈를 파는가 }

지금은 굿즈의 시대다. 우산을 샀는데 도넛이 딸려 왔다든지, 모 커피 브랜드의 프리퀀시 이벤트 가방을 받기 위해 커피 100여 잔을 주문하고는 가방만 가져갔다든지 하는 이야기는 이미 익숙하다. 책이라고 예외가 될 수는 없다. 사실 온라인 서점 업계에서 적립금을 차감하고 주는 사은품, 즉 굿즈가 전쟁을 방불케 할 만큼 경쟁이 치열해진 것은 아이러니하게도 도서정가제의 탓이 제일 크다. 2014년 11월부터 시행된 현재의 출판문화산업진흥법에는 "간행물을 판매하는 자는 독서 진흥과 소비자 보호를 위하여 정가의 15퍼센트 이내에서 가격 할인과 경제상의 이익을 자유롭게 조합하여 판매할 수 있다"라고 되어 있는데, 이에 따르면 정가의 15 퍼센트를 넘는 경제적 이익은 제공할 수가 없으니 고객이 책을 구매하고 받는 사은품의 값을 지불(대개는 미리 쌓아 둔 적립금을 차감하거나 추가로 사은품 금액을 결제하는 형태가 된다)하는 형태의 이벤트가 활발해졌다.

온라인 서점 MD의 주요한 업무 중 하나는 '도서 판매 활성화를 위한 이벤트 진행'인데, 사전적 정의에 의하면 이벤트는 "불특정의 사람들을 모아 놓고 개최하는 잔치"를 의미하며 '기획 행사', '행사' 등으로 바꿔 부를 수 있다. 그런데 이렇게 매일매일 열리는 잔치가 과연 잔치가 맞을까. 이벤트라는 건 어쩌다 기대치 않게 벌이는 사건 같은 것인데 일 년 내내 하고 있는 걸 이벤트라고 할 수 있을까…… 싶은 마음이 들지만 뭐, 그렇다고 하자. 분명 어딘가에는 장바구니에 담긴 책들의 구매 버튼을 누를까 말까 망설이는 사람이 있을 테다. 그러니 우리는 오늘도 이 책을 안 사고는 못 배기도록 온라인 가판을 벌인다. "자 골라 봐요, 골라 봐. 저쪽은 머그잔을 준다고요? 우리는 (3천 원만 차감하면) 어깨에 멜 수도 있고 들 수도 있는 가방을 드려요." 정말 머그잔을 샀더니 책이 딸려 왔다, 가방을 샀더니 책이 딸려 왔다고 표현해도 과언이 아니다. 온라인 서점 초창기만 해도 서점 전체를 통틀어 이벤트라곤 십여 개 정도였던 때도 있었는데, 그 시절엔 이벤트 담당자가 한 명이었 다고 얘기해 주면 지금 후배들은 기절초풍할 거다. 현 재는 책 한 권에 십여 개의 이벤트가 연결된 경우도 흔 하게 찾아볼 수 있으니 말이다.

이쯤에서 의외로 많이 궁금해하는 온라인 서점의 이벤트 유형을 정리해 본다. 일단 첫 번째 유형은 도서 정가제 이후엔 자취를 감추긴 했지만, 구매자 대상 경 품 추첨 이벤트이다. 5만 원 이상의 경품을 증정할 경 우, 고객이 경품과 같은 기타 소득에 대한 소득세, 즉 경 품 금액에 해당하는 22퍼센트의 제세공과금을 부담하 는 이벤트다. "언제부터 언제까지 이 책을 사면 5분을 추첨해 영화 예매권을 드립니다"와 같이 다소 소박하 게 시작되었던 경품 이벤트는 급기야 카메라, 해외여행 티켓, 자동차, 땅 등 세상의 모든 물건을 경품으로 등장 시키기에 이르렀다. "네? 땅도 줬다구요?" 네, 맞습니다. 실화입니다. 부동산 투자에 관련된 책이었는데 저자가 호기롭게 강원도 모처 본인 소유 땅을 경품으로 내건 것. 당첨된 이에게 소유권 이전을 해 주는 것은 물론 해 당 땅을 저자와 함께 직접 보러 가는 관광 일정까지 딸린 경품이었다. 나도 가족에게 선물할 책을 구입했다가 파주 어딘가에 있다는 가족 농장 일 년 경작권에 당첨된 적이 있었다. 비록 일 년이 다 지나도록 그 가족 농장엔 한 번도 가 보지 못했지만. 현재는 구매자를 대상으로 추첨을 해서 대가 없는 경품을 지급하는 것은 출판문화산업진흥법에 명기되어 있는 "정가의 15퍼센트를 초과하는 이익을 제공하는 행위"에 해당하므로 도서정가제 위반, 불가능한 이벤트다. 두 번째 유형은 구매 여부와 상관없이 참여하는 사람 모두를 대상으로 경품을 추첨해 증정하는 이벤트이다. 책에 대한 리뷰나 기대평을 남기면 추첨을 통해 서점의 적립 포인트 같은 소정의 금품을 준다거나, 저자의 강연회나 북콘서트 등 서점에서 열리는 다양한 행사에 참여를 원하는 사람들이 댓글을 달면 이들을 대상으로 추첨해 행사에 초대하는 유형이다. 예전에는 "해당 도서를 구매할 경우 추첨 시 우대합니다"와 같은 조건을 다는 경우도 많았지만, 이역시 "정가의 15퍼센트를 초과하는 이익을 제공하는 행위"에 해당하므로 현재로선 진행할 수 없다.

　세 번째 유형이 바로 구매자를 대상으로, 서점이나 출판사가 내건 일정 조건을 충족하면 받을 수 있는 사은품, 즉 굿즈를 증정하는 이벤트이다. 이를테면 '도서 ○만 원 이상 구매 시' 혹은 '특정 분야의 도서 △만 원 이상 구매 시'와 같은 조건을 충족하면 경품을 받을 수 있는 방식이다. 2014년 현행 도서정가제가 실시되기 이전에는 여름과 겨울 성수기 정도에만 구매자를 대상으로 해서 진행되는 정도였지만 이런 형태의 이벤트가 진화에 진화를 거듭해 오늘날의 굿즈 이벤트에 이르렀다.

일 년에 두세 번 정도, 책을 ○만 원이나 △만 원씩 일정 금액 이상 구매하면 누구나 '무료'로 증정받을 수 있는 굿즈를 이벤트로 붙이던 때를 '굿즈 1.0. 시대'라고 명명해 보겠다. 이때는 사은품으로 쓸 만한 저렴한 가격의 기성품을 찾아내 이를 대량으로 사들여 진행하는 수준에 머물러 있었고, 그렇기에 같은 물건을 누가 더 싸게 많이 만들 수 있는가가 가장 중요한 요건이었다. 그러나 다들 비슷한 가격으로 비슷한 상품을 만들어 차별화가 되지 않다 보니, 남들이 아직 굿즈 종류로 선보인 적 없어 신선하게 여겨지면서 가격도 저렴하고 더불어 독자들을 현혹할 만한 물건을 발굴하는 데 처음보다 많은 시간을 들여야 했다. 한눈으로는 팔릴 만한, 팔아야 할 책을 들춰 보고, 다른 한눈으로는 내가 팔 책들과 가장 어울리면서 남들이 아직 굿즈로 선보이지 않은, 그러면서도 가장 저렴한 제품—그래봤자 고작 책갈피, 노트, 볼펜 등이었지만—을 찾기에 바빴다. 굿즈를 계속 만들면서 우리가 알게 된 것은 그게 무엇이든 중국을 통하면 '싸다!'는 것이다. 굿즈로 만들면 좋을 법한 물건을 찾아냈더라도, 대량으로 만들면서 비용을 절약하려면 결국 중국에서 제작해야만 한다는 것을 알게 되면서부터 우리는 중국몽을 꾸기 시작했다.

우리나라에 들어오는 판촉물의 대부분은 세계 최대 규모의 생활용품 도매 시장이라 일컫는 중국의 이우 시장에서 들여온다고 한다. 나와 동료들은 그런 이유로 "이우에 직접 가 보고 싶다"는 얘기를 숱하게 나누기도 했고, 이우 시장에서 대박날 굿즈 아이템을 찾아내 매출이 불같이 일어나는 상상을 하기도 했다. 오로지 굿즈 때문에! 이처럼 독자들이 선호할 만한 아이템을 선정한 다음 서점의 로고를 넣는 정도로 디자인을 약간 변형한 제품을 중국에서 제작하여 수입해 오던 때를 '굿즈 2.0. 시대'라고 불러 본다.

그간은 간헐적으로 이뤄지딘 여름/겨울의 성수기 이벤트가 어느덧 모든 서점의 연례행사가 되었고, 우리는 이제 이우 시장에 나와 있는 물건 중에서 골라 오는 것만으로는 승부를 걸 수 없게 되었다. 때마침 도서정가제의 실시와 함께 구매에 따라가는 굿즈는 고객이 소정의 금액을 지불해야만 증정할 수 있는 상황이 되었는데, 그때부터 온라인 서점계에서는 그야말로 굿즈 전쟁이 시작되었다. 굿즈 전성시대를 먼저 연 건 A서점이었다. 2014년 가을 무렵 시작한 "책에 허용된 또 다른 쓰임"이라는 타이틀로 시작된 냄비 받침, 책 베개 등을 증정한 행사가 고객 사이에서 화제가 되며 실제로 매출 증대에 영향을 끼친 것. 비용을 지불해야 하는 만큼 어느 정도 이상의 가치를 느끼게 해 줘야 고객의 지갑을 열 수 있으니, 이제까지와는 다른 방식으로 굿즈에 접근해야 하는 세상이 되었다. 평범한 쿠션에도 '책 베개'라는 스토리텔링을 부여해야 하는 때가 도래한 것이다. 바야흐로 '굿즈 3.0. 시대'의 개막이었다.

　이에 위기의식을 느낀 A의 경쟁 서점들은 습관적으로 서점 페이지를 스크롤하던 독자가 마우스를 딱 멈출 만한 굿즈, 독자가 알아서 입소문을 내 줄 굿즈를 만드는 데 사력을 다하기로 한다. 그래서 내가 일하는 서점에서는 굿즈 제작 업체를 모아 놓고 프리젠테이션을 제안하고, 이들이 제안하는 굿즈를 모아 '굿즈 페어'를 진행하기도 했다. 그렇게 찾아낸 업체와 함께 색연필을 포함한 컬러링북, 북램프 등의 아이템으로 독자의 관심을 끄는 데 성공했다.

요즘 서점들은 별도의 디자인 인력을 갖춘 제작 업체와 함께 아이템을 선정하고 고유한 디자인(책 표지 이미지부터 캐릭터까지)을 입힌 상품을 개발한 후, 최대한 갖고 싶도록 매력적으로 연출한 제품 사진을 촬영하고 마지막으로 자세한 소개 글을 더한다. 이를 '굿즈 상세 이미지'라고 부르는데 이런 굿즈 상세 이미지 페이지까지 제작해 이벤트를 진행하는 현재의 풍경은 모두 '3.0 시대'에 확립된 것이다.

여기에 한술 더 떠서 캐릭터 라이선스를 사서 로열티를 지불하고 기성품 뺨치는 굿즈를 만들게 된 현재를 '굿즈 3.5 시대'라고 해 두자. 그간 우리가 '그저' 책을 사면 증정하는 굿즈를 만들기 위해 계약한 캐릭터만 해도 수십 가지가 넘는다. 라인프렌즈, 미키마우스, 신데렐라, 겨울왕국, 마블, 미피, 스타워즈, 스누피, 심슨, 무민……. 경쟁 서점이 선점한 캐릭터는 다시 쓰기도 쉽지 않고, 서점 고객들이 좋아할 만한 인기 캐릭터는 한정되어 있어 어떤 캐릭터를 골라 계약할 것인가, 또 그 캐릭터로 어떤 상품을 만들 것인가도 어려운 과제다. 최근에는 책과 비교적(?) 밀접한 관련이 있는 EBS의 인기 캐릭터 펭수가 각 서점의 뜨거운 러브콜을 받았는데,

결국 펭수는 서점에 한해서는 EBS 참고서 구매 이벤트를 진행할 때만 사용할 수 있는 캐릭터로 남게 되었다.

　　이벤트를 진행한 후 남는 굿즈는 대개 다른 이벤트에서 재활용하기도 하지만, 일부 인기 있는 것들은 서점에서 개별 상품으로 판매하기도 하고, 심지어 중고 마켓에서 거래되는 경우도 있다. 최근에는 단순히 일정 금액 이상을 구매할 때만 주는 굿즈뿐 아니라, 이벤트 대상인 특정 도서를 포함하여 구매 금액 조건을 맞췄을 때만 받을 수 있는 굿즈까지 다양하게 제작되고 있다. 이렇게 굿즈의 세계는 '어멋, 이건 사야 해' 하는 마음이 절로 들도록 기발한 아이디어와 결합한 치명적인 매력을 가진 물건들로 끊임없이 진화하고 있으니 고객들의 즐거운 고민은 계속되고, MD의 시름은 날로 깊어진다. 들리는 얘기로는 어느 서점에서는 MD가 매 분기마다 오프라인 기프트샵으로 시장 조사를 나간다고도 하는데, 우리도 텐바이△이나 1300△ 같은 기프트 전문몰을 수시로 검색하고 누군가 새로운 물건을 들고 나타나면 '그거 사은품 만들면 좋겠네'라고 반응하는 것이 어느덧 습관이 되었다. 세상의 모든 물건을 굿즈로 만들다 보니 안 만들어 본 물건이 없고 안 가진 물건이 없다. 지금 이 원고를 쓰고 있는 내 자리를 살펴보니 마우스

패드도 굿즈, 잡동사니를 담아 둔 플라스틱 박스도 굿즈, 옆에 둔 볼펜도 굿즈, 가방 속 파우치도 굿즈…… 가방도, 텀블러도 수십 개…… 온통 굿즈, 굿즈, 굿즈다. 굿즈에 파묻힌 내 인생! 한 가지 더 말하자면, 만드는 MD나 서점 입장에서는 사실 좀 지겨울 지경인데, 고객들은 다이어리, 가방, 머그컵과 유리컵, 텀블러, 보냉백 등 실생활에서 유용하게 쓸 수 있으면서도 자신의 취향을 은근하게, 혹은 선명하게 드러낼 수 있는 아이템을 꾸준히 선호한다.

"텀블러를 샀더니 책이 왔어요" 하는 우스개처럼, 본말이 전도된 것 같은 굿즈 경쟁은 왜 계속될까? 책은 어느 서점에서 사건 똑같은 상품이고 구매처를 선택하는 것은 고객의 자유다. 이런 상황에서 고객이 우리 서점을 찾게 하려면 어떻게 해야 할까? 우리 서점에서 꼭 그 책을 사고 싶은 이유를 만들어야 한다. 동네 서점의 경우에는 손님과의 인간적인 교류를 통해 취향에 맞는 책을 추천하거나 감성이나 정情을 제공할 수도 있을 테지만 온라인 서점에서는 그런 인간관계를 바탕으로 한 무언가로 고객의 발길을 잡는 것은 기대하기 어렵다. 고객이 우리 온라인 서점에 기대하는 것은 많은 책 중에서 내가 필요한 책을 언제 어디서든 쉽고 빠르게 찾아 신속히 배송해 준다는 것인데 이 부분은 업계에서 거의 상향 평준화되어 있다. 그렇다 보니 고객의 선명한 취향을 공략하거나 고객이 필요로 하는 차별화된 무언가를 내놓아야 하는데 이를 빠르고 쉽게 현실화시켜 줄 수 있는 것이 바로 굿즈다. 그러니 굿즈 경쟁으로 이 난리고.

이러한 변화에 따라 우리가 관련 업무를 하며 겪은 고충만 해도 이루 말할 수 없다. 굿즈 1.0 시대부터 3.0 시대에 이르기까지 우리는 수많은 판촉물 제작 업체와 만나고 헤어졌다(그 수많은 실장님들, 모두 잘 계시는지?). 어린이책 구매자에게 증정할 비치볼이 KC인증을 제대로 받았는지, 제 날짜에 비행기에 실려 세관을 무사히 통과해 이벤트 시작일까지 확실히 입고되는지 여부를 애타게 확인하며 전화를 붙들고 속 끓인 날도 셀 수 없다. 시간 여유를 두고 만든다면 화물선에 실어 화물 운송비를 절약할 수도 있겠지만 항상 시, 분, 초를 다투며 일이 진행되다 보니 정한 날짜에 맞출 수만 있다면 비용은 그다음 문제다. 비행기에라도 실어 이벤트 시작일에 맞춰야지 어쩌겠는가. 이런 모든 일이 내가 알리고 싶고 더 많이 팔고 싶은 책을 위해서라고 하지만 한숨이 나올 때도 많다. 이번에 제작할 에코백의 재질이 캔버스인지 광목인지, 노트에는 어떤 지종紙種을 써야 고객들이 필기감이 좋다고 할지 등을 고민하고 있노라면 내가 서점에서 일하는 건가 선물 가게에서 일하는 건가(내가 이러려고⋯⋯) 잠시 헷갈리며 자괴감이 든다.

물론 모든 책에 위와 같은 이벤트를 붙이는 것은 아니고 그럴 수도 없다. 경품 추첨 이벤트의 경우 실제로 드는 돈은 경품 구입비와 발송비까지 포함해 몇십만 원 정도로도 충분하지만, 굿즈를 제작하여 이벤트를 진행하려면 드는 돈이 몇백만 원대로 뛴다. 그렇다 보니 굿즈 이벤트를 기획한다는 자체가 예상(기대) 판매 부수가 매우 많은 책이라는 의미인데, 20~40대 여성 독자를 겨냥해 확실히 사로잡았거나 확고한 마니아 팬들의 구매가 예상만큼 이루어진 경우를 제외하고는 이렇게 하고도 매출이 확실히 보장되지는 않는다.

대부분의 서점에서 매달 혹은 격주로 굿즈 이벤트를 진행하는 것은 전체 구매 고객의 60퍼센트 이상을 차지하는 여성 독자의 관심을 끌고, 그들이 일정 금액 이상을 구매해 객단가를 높이는 데 일조하기 위함이므로 모든 출판사가 굿즈에 대한 고민을 할 필요는 없을 것이다. 실제로 남성 독자의 경우 굳이 굿즈를 선택하지 않고 책만 사 가는 경우가 훨씬 많은 것으로 알려져 있다.

　책보다 굿즈가 더 강조되는 듯한 분위기를 불편하게 생각하는 이들은 굿즈 이벤트를 몰지각한 온라인 서점과 대형 출판사의 저급한 상술처럼 이야기하기도 한다. 하지만 이제 젊은 층에게 책은 단순히 텍스트가 담겨 있는 상품이 아니라 자신의 취향과 의견을 선명하게 드러낼 수 있는 아이템으로 받아들여지고 있는 것도 부인할 수 없는 현실이므로, 책과 함께 느끼는 즐거움을 배가시키거나 책의 여운을 좀 더 오래 남도록 하는 굿즈라면 꼭 그렇게 색안경 끼고 볼 것만도 아니라고 생각한다. 그래서 오늘도 우리는 책을 더 널리 알리기 위해, 더 많이 팔기 위해 굿즈를 고민하고 제작을 진행하고 이벤트 아이디어를 짜내려고 머리를 싸맨다.

8

팔린다면 뭐든지 한다!
저자와의 만남, 독자 초청 행사

예나 지금이나 책을 쓴 저자를 직접 대면하여 그/그녀의 목소리로 책에 담긴 이야기를 듣는다는 건 멋지고 설레는 일이다. 활자로만 접했던 저자의 생각을 그 사람의 목소리와 몸짓, 표정으로 직접 만나는 일은 책을 능동적으로 읽는 방법 중 하나이기도 하다. 아마 저자와의 만남은 예전에도 그랬고 지금도 그렇듯, 앞으로도 책을 소개하는 가장 매력적인 방법 중 하나로 오래도록 계속될 것이라 확신한다. 서점의 입장에서도 피상적이던 독자의 욕구와 목소리를 구체적으로 확인할 수 있는 자리이므로 저자와의 만남은 중요한 행사이다. 적극적이고 능동적으로 활동하는 독자가 늘어감에 따라 이들의 취향과 요구에 맞춰 독자가 참여하는 저자 행사 역시 여러 형태로 변형되며 발전하고 있다.

가장 보편적인 형태는 혼자인 저자가 다수의 독자를 상대로 '강연'을 하는 것이다. 규모는 20명부터 300명까지 다양하게 진행 가능하며, 1시간 이상 강연을 혼자 이끌 수 있는 언변과 카리스마를 가진 저자들이 선호하는 방식이다. 사회자의 역할은 그야말로 '강연자 소개 및 장내 정리' 정도면 충분하다. 설민석이나 정재승, 유홍준과 같이 실제로 수업이나 강의를 많이 했던 저자들이 이런 형태의 행사를 선택하는 편이며, 이들은 자신에게 주어진 시간을 지루하지 않게 너끈히 채우는 건 물론, 강연을 마친 후 나올 질문까지 예상해 미리질러 답변하는 등 강연에 참석한 독자 청중을 한껏 만족시킨다. 허나 이런 저자는 생각보다 그리 많지 않다는 것에 모두 공감할 것이다. 또한 말솜씨가 수려한 저자의 경우에는 강연을 진행하는 것이 플러스 요인이 될수 있으나 말보다는 글이 더 좋은 저자의 경우에는 자칫 매력이 반감되는 경우도 발생하니 '남들이 가니까 우리도 강남 가자!'라며 섣부른 결정을 하기보다는 좀더 신중하게 판단해야 한다.

사정이 그렇다 보니 한 명에게 모든 것을 맡겨야 하

는 1인 강연보다는, 저자와 패널, 사회자 등으로 강연자의 역할을 나누어 위험 요소를 그만큼 분산시킬 수 있는 대담 형식으로 이뤄지는 강연도 늘어나고 있다. 이러한 형태의 저자 강연에서는 답변하는 저자의 역량만큼이나 적절한 이야깃거리를 끌어낼 수 있는 패널과 사회자의 역할이 몹시 중요하다. 패널이나 사회자가 얼마나 저자의 책 내용을 잘 알고 있는가도 중요하고, 어색하거나 서먹한 사이라면 선뜻 대답이 오고 가지 못할 수도 있으니, 이른바 '케미'(호흡)도 어느 정도 맞아야 화기애애한 분위기 속에서 행사가 진행될 수 있다. 그러므로 얼마나 저자와 '합'이 맞는 패널과 사회자를 선정하여 행사를 연출하는가가 성패를 가른다.

위험 분산형 저자와의 만남 중 또 하나의 유형은 '북 콘서트'다. 이는 행사 시간의 일부를 가수나 밴드의 공연 등에 할애하여 흥행이 될 만한 요소를 증폭시키는 유형 또는 사회자 역할의 MC를 배치한 후 하나의 주제를 두고 다수의 초대 손님이 순서대로 출연해 이야기하다 마지막에 모두 한자리에 모여 얘기를 나누며 마무리하는 유형이 있다. 저자의 인기뿐 아니라 초청한 가수나 밴드의 인기에 기대어 볼 수도 있고, 자칫 지루해질수 있는 강연 중간에 음악이나 영상으로 분위기를 전환하거나 고조시키는 효과를 노릴 수도 있다. 다양한 인물들을 한자리에서 만나는 기회이므로 행사를 준비하는 이들은 고달프지만 독자들의 만족도는 한껏 올라간다. 또한 직접 그 자리에 참석하지 못하는 이들을 대상으로 현장 생중계까지 기획한다면 더 많은 독자를 끌어들일 수도 있을 것이고, 행사 전반을 녹화하여 온라인으로 공개한다면 나중에라도 강연이나 북 콘서트 영상을 통해 다시 책에 대한 관심을 불러일으킬 수도 있을 것이다.

좀 더 작은 규모로 진행되는 행사로는 저자와 함께하는 티타임 혹은 저녁 식사, 저자와 함께하는 원데이 클래스(요리, 바느질, 그림……)와 같은 유형도 있다. 저자와 독자 모두 좀 더 적극적으로 참여해야 한다는 부담은 있지만 대신 소수 정예로 저자와 밀착하여 교감하게 되니 각자의 만족도는 더더욱 높아질 수 있고 충성도 높은 독자를 확보하게 된다는 장점도 있는 것 같다.

온라인 서점 초창기 때만 해도 저자를 활용한 행사는 오프라인의 영역이라는 인식이 강했지만, 온라인 서점의 성장세가 두드러지고, 이를 이용하는 독자 역시 오프라인에서 책을 만든 이들과 직접 교류하고자 하는 욕구가 커지면서 도서 프로모션의 일환으로 저자와의 만남을 진행하는 일이 많아졌다. 국내 저자의 책인 경우에는 대다수 출판사가 온라인 서점을 통해 모객을 하는 오프라인 행사를 기획하고 있다 해도 과언이 아닐 듯하다. 온라인 서점 MD 역시 도서 프로모션을 논의할 때 "저자 강연이나 북 콘서트 계획은 없으세요?"라고 문의하는 것이 자연스러운 일이 되었으니까.

MD의 입장에서도, 출판사의 입장에서도 "합시다, 저자 행사!"라고 말하는 것은 모든 일의 시작에 불과하다. 강연을 진행할 정도의 지명도가 있는 저자라면, 당연히 날짜와 시간을 확정하는 것부터 쉽지 않다. 어렵사리 날짜와 시간을 정하면 그다음엔 강연의 규모에 맞는, 저자와 독자가 만날 장소를 찾아야 한다. 행사를 많이 진행해 본 MD나 출판사 직원이라면 50석 규모에 맞는 장소, 100석 규모에 맞는 장소, 200석 이상의 규모에 맞는 장소와 대관료의 목록을 대충 머릿속에 집어넣고 있을 것이다. 출판사와 서점이 저자 행사를 진행할 만한 장소는 한정되어 있으므로 날짜와 시간이 정해진다면 미리 신속하게 대관해야 한다. 강연 일시와 장소가 결정되었다면 그때부터는 모객이 관건이다. 어떤 행사든 성공의 성패는 모객과 참여가 8할 이상이다. 준비 과정이 험난했더라도 강연장의 좌석이 꽉 차도록 많은 이들이 찾아와 준다면 아름다운 행사로 기억되겠지만, 그 반대라면 서로가 서로를 원망하며 무안해하는 슬픈 사태가 벌어질 수 있으니 홍보와 모객은 정말 중요하다. 그러니 혼신의 힘을 다할 밖에. 해당 저자의 책을 구매한 이들에게 LMS●와 푸시●●를 보내고, 온라인 서점 페이지에서 잘 보일 위치에 행사 배너를 거는 것은 기본이다.

그러나 이처럼 혼신의 힘을 다하리라는 마음가짐만으로 충분치는 않으니, 사람이 많이 모이려면 당연히 누구나 한 번쯤 얘기를 직접 듣고 싶어 할 저자를 모셔 다양한 볼거리, 들을 거리를 제공해야 하는 것이 당연하다. 그렇지만 앞에서도 말했듯 구름 같은 관중 동원을 보장하는 저자의 수는 그리 많지 않은 터라, 그런 몇 안 되는 저자를 두고 서점 MD들은 타 서점보다 먼저 '단독' '최초' 타이틀을 획득하기 위해 고군분투한다. 이 '단독' '최초'라는 타이틀은 이제 '원조 맛집'처럼 흔해져 버렸지만 그래도 독자들이 우리 행사를 한번 돌아볼 수 있게 해 주는 요소이긴 하니, 신경 쓰지 않을 수 없고 이를 위해선 다른 어떤 조건보다 '대관' 여부가 중요하다. 그 이유는 행사 진행 비용의 대부분은 저자에게 지급하

●1천 자까지 가능한 문자 메시지 서비스.
●●웹사이트에 접속하지 않아도 모바일 기기로 행사 안내 정보가 알림 메시지로 전송되는 방식.

는 강연료와 대관료가 차지하기 때문인데, 강연료나 거마비를 출판사에서 부담하면 대관 장소를 물색해 주거나 이에 드는 비용은 서점에서 부담해 주길 바라는 경우가 많다.

온라인 서점의 경우 얼마 전까지만 해도 오프라인에 딱히 기반이 없는 경우가 태반이다 보니 오프라인으로 출발해 이미 강연 공간을 가진 서점들에 단독 강연 등의 행사를 양보해야 할 때가 많았다. 공간이 필수라고 보진 않지만, 온라인 서점에서 일하다 보면 이처럼 오프라인 접점이 필요하다는 생각이 간절할 때가 많다. 매출이나 비용 대비 효과의 시선으로 접근한다면 오프라인 공간이 큰 의미가 없을지도 모르지만, 브랜드 이미지를 구축하는 데엔 분명히 큰 역할을 담당하기 때문이다. 교보문고나 영풍문고처럼 오프라인 매장이 있는 서점에 독자들이 가진 이미지는 결국 서점의 멋진 인테리어와 공간에 대한 느낌이나 인상일 확률이 높고, 이는 그 브랜드의 이미지를 좌우하게 된다. 또한 독자들이 항상 찾을 수 있는 공간이 있고, 고객을 직접 만나며 그들의 소비 패턴이나 행동을 확인할 수 있다는 건 매출 그 이상의 가치를 갖는다. 그래서 온라인 서점 역시 매장 혹은 공연장 등의 다양한 형태로 오프라인에 고객과의 접점을 마련하는 방법을 고민하고 있다.

강연이 유행하던 초기에 MD로서 처음 준비했던 행사가 정민 교수의 강연이었다. 당시만 해도 한 공간에서 저자의 이야기를 들으며 호흡할 수 있다는 것만으로도 많은 독자들이 열광하던 시절이라 강연에 참석할 300명의 독자를 모집할 때부터 반응이 뜨거웠다. 강연 시작 3시간 전까지 비가 추적추적 내리던 궂은 날씨임에도 정민 교수의 이야기를 직접 듣기 위해 강연장을 가득 채워 준 독자들에게 얼마나 감사했던가.

지금은 독자가 참여할 수 있는 행사도 많아지고, 그 면면도 다양해져서 단순히 마이크 하나만 저자에게 쥐여 주고 독자를 기다리기보다는 빔프로젝터와 스크린을 준비하고 여기에 띄울 프레젠테이션 자료나 영상까지 만들어야 하는 경우가 많다. 행사의 내용이나 주제를 알릴 배너나 현수막 제작을 시작으로, 무대에 놓을 의자와 책상 같은 소품 등 세트까지 꾸민다면 이는 단순히 강연장을 꾸미는 것이 아니라 종합 무대 예술의 경지로 들어가며 그만큼 비용도 증가한다. 2018년 모오픈마켓과 협업하여 유시민 작가의 행사를 진행한 적이 있는데, 그 짧은 시간 동안에 책에 소개된 역사서의 배경인 아테네와 중국 만리장성 등의 영상을 제작하여 무대 전면의 스크린에 띄워 마치 작가가 파르테논 신전 앞에 서 있는 듯 연출한 것을 보고 감탄과 탄성을 금치 못했다. 서점과 출판사만으로는 감당할 수 없던 부분을 오픈마켓의 힘을 빌려 함께 꾸린 행사였는데, 이건 책과 강연권을 패키지로 만들어 오픈마켓의 유료 회원과 우리 서점의 독자들에게 판매했기에 가능한 행사였다.

이처럼 최근의 트렌드는, 서점과 출판사가 함께 행사를 기획해 책과 1~2천원 정도의 금액을 매긴 강연 티켓을 패키지로 만들어 판매하는 것이다. 대개의 강연은 신청자를 대상으로 무료 초청을 하는 형태를 많이 떠올리지만, 무료로 진행될 경우 오히려 참석률이 떨어지는 경우도 많다. (행동심리학적 관점에서 보아도 무료 행사일수록 참석 포기율이 높아진다고 한다.) 강연 티켓을 구매에 따라가는 경품으로 제공하는 경우 강연에 참석하려면 책도 함께 구매해야 하므로 참석율은 물론 책의 판매도 함께 상승한다. 단, 이런 형태의 행사는 돈을 주고서라도 꼭 참석하고 싶은 유명 저자일 때 그 효과가 극대화된다.

그러나 이 글을 쓰고 있는 현재, 코로나19가 전 세계를 강타한 2020년 이후에는 기존처럼 300명, 500명 규모의 대형 강연은 과거 이야기로만 남게 될 것 같다. 코로나19 이후 많은 사람이 얼굴을 맞대고 모이기가 어려워졌고, 새롭게 떠오르는 형태의 행사는 역시 온라인에서 이뤄지는 독자와의 만남이다. 저자나 서점의 SNS 채널에서 진행되는 라이브 방송과 줌Zoom과 같은 온라인 회의 플랫폼을 이용한 비대면 방식의 강연이 주목받고 있다. 그러나 여러 명의 독자를 안정적으로 참여시키려면 다양한 영상 장비도 필요하고, 참석하는 독자와 강연 진행자 모두 해당 온라인 플랫폼을 익숙하게 사용할 수 있어야 하니 진입 장벽이 높은 것도 사실이다. 유튜브 라이브의 경우도 데스크톱이나 노트북으로는 구독자 수와 상관없이 라이브 방송을 할 수 있지만 모바일 기기로는 채널의 구독자 수가 1천 명 이상이어야 한다는 등 염두에 둘 제약 사항이 있다. 또한 저자와 대담자 역시 올라오는 댓글을 읽으며 독자와 소통해야 하는 새로운 방식에 익숙해져야 하니 어려움을 호소한다. 그러나 젊은 독자들은 인스타 라이브나 페이스북 라이브 등에 익숙한 터라 온라인으로나마 저자와의 심리적인 거리를 줄이며 만날 수 있는 행사에 참여하는 것을 편하게 생각하고 있어 각자의 책과 상황에 따라 방법을 고민해 보는 게 좋겠다.

    개인적인 의견으로는 책과 관련한 다양한 프로모

션 중 충성 독자를 가장 많이 확보할 수 있는 것은 역시 '저자와의 만남'이라고 생각한다. 인문교양서의 경우 저자 행사를 진행하는 것이 독자의 호응에도, 프로모션 효과에도 좋다고 판단되어 다른 분야 책에 비해 좀 더 추천하는 편이다. 인문교양서 독자의 경우 신뢰할 만한 이들의 추천과 안내를 받아 책을 선택하는 것을 선호하는 터라, 신뢰할 만한 저자가 직접 책 내용에 대한 강의를 하는 것이 책 홍보에 도움이 된다. 소설이나 에세이는 취향에 따라 책을 선택하는 경우가 많아서 일방적 소통 느낌의 강의 형태보다는 대담자나 패널을 섭외하여 저자와 책에 대한 소개와 함께 속 깊은 얘기를 나눌 수 있는 대담 형태의 행사가 적합하다고 생각한다.

MD의 입장에서도 작가/독자와의 행사는 그저 피상적으로만 느끼던 작가와 독자를 실제로 만나볼 수 있는 시간이라 소중하다. MD도 한 명의 독자인 만큼, 책을 읽으며 항상 마음속으로 흠모해 왔던 저자의 이야기를 독자가 직접 들을 수 있는 시간을 내 손으로 기획하여 실현하면 그 성취감이 꽤 크다. 물론 기획부터 진행까지의 과정이 절대 녹록지는 않다. 강연의 규모나 비용을 분담하는 정도 등에 따라 모객과 당첨자 명단 전달만 하고 그 이외엔 크게 신경을 쓰지 않아도 되는 행사도 있고, 기획의 주체가 서점인 경우에는 많은 부분을 같이 혹은 단독으로 진행할 수도 있다. 처음에는 '작은 강연 장소 하나만 구하면 되겠지' 했는데 강연 며칠 전 "엑스 배너 제작이 필요하다고요? 현수막도요?" 하며 급작스러운 미션을 받고 패닉에 빠진 적도 있다. 어찌어찌 수습한 후 강연 당일 도착하니 조명과 음향까지 내가 직접 오퍼레이팅해야 한다는 난감한 현실에 직면하기도 했다. (그런데 또 그 어려운 걸 해냅니다, 정말 닥치면 뭐든지 다 한다!) 역시 뭐든지 절로 이뤄지는 일은 없다는 것은 영원한 진리다. 하지만 어쩌겠는가. 책이 팔린다면 뭐든지 다 하는, 나는 MD다.

　행사 전 어떤 우여곡절로 야단법석이었는지는 꿈에도 모를 독자들이 강연장에서 저자와 함께 울고 웃으며 저마다 감정을 공유하는 모습을 보는 것은 언제나 가슴 벅차오르는 일이다. 그저 숫자와 닉네임으로만 만났던 독자들의 기쁜 표정과 설레하는 모습을 눈앞에서 보면 이들을 위해 더욱더 좋은 책을 열심히 소개해야겠구나, 이런 자리를 더 자주 만들어야겠구나, 하는 생각이 절로 차오른다. 또한 이를 통해 말과 글이 모두 좋은 저자, 글보다는 말솜씨가 더 좋은 저자, 말솜씨보다는 글이 더 좋은 저자 등을 가려내어 이후 그 특성에 따라 저자를 활용한 도서 프로모션에서 주안점을 어디에 두어야 할지 가늠할 수 있게 되는 효과도 있다. 독자와 책을 좀 더 내밀히, 좀 더 끈끈하게 이어 주는 '저자와의 만남'이 계속되는 한, 독자의 즐거움과 책을 좀 더 많이 알리고자 하는 출판사와 서점의 고군분투도 계속된다.

9

{ '출판 로또': 노벨 문학상과 팬덤 }

누구나 로또를 맞으면 어떨까 한번쯤은 상상해 봤을 것이다. 책 동네의 MD도 로또를 꿈꾼다. 개인의 재산 증식에 도움이 되는 진짜 로또 당첨도 당연히 좋지만, 아마 그것만큼이나 간절히 바라는 것은 내가 담당하는 분야에서 전년 대비해 몇백 배로 매출을 올려 주는 로또 같은 책이 나와 주는 것이 아닐까. 과연 MD는 어떤 경우를 출판계의 로또라고 생각할까? 설민석이나 히가시노 게이고, 베르나르 베르베르와 같은 인기 작가의 작품이나 기존 베스트셀러의 후속작처럼, 누구나 판매가 잘 될 거라 예상하는 책은 흥행 보증 수표로 불려야지 로또의 범주에 넣을 순 없다. 무릇 로또란 아무도 예상치 못한 맛이 있어야 하지 않겠는가? 허나 출간되고 시일이 흘러 자연스레 판매가 줄어들었던 책이 특정한 계기를 만나 다시 판매가 급증하는 것 역시 또 다른 '로또'라 할 수 있겠다.

불경스럽기도 하고 부끄럽기도 한 고백이지만, 한때는 존경받던 유명 인사나 인기 작가가 세상을 떠났다는 비보가 로또처럼 여겨지던 때도 있었다. 살아생전 많은 사랑을 받았던 유명 인사가 세상을 떠났다는 부고가 들리면 생전에 그가 쓴 책이나 그의 생애를 다룬 책이 다시 조명받으며 판매가 증가하는 경우가 왕왕 있기 때문이다. 노무현 전 대통령의 서거, 법정 스님의 입적, 김수환 추기경의 선종, 스티브 잡스의 타계, 신영복 선생의 별세 등 사회적으로 큰 반향을 일으켰던 궂긴 소식은 먼저 간 이를 그리워하는 사람들의 추모 열기와 함께 관련된 책의 판매가 치솟는 효과를 가져왔다. 한때 궂긴 소식이 연달아 이어진 시기가 있었는데, 그 무렵에는 출근하지 않는 주말에도 외부에서 추모 기획전 페이지를 올릴 수 있도록 준비하고 시연까지 해 봤다(실제로 사용해 본 적은 없다). 고령이나 앓고 있는 지병으로 돌아가실 가능성이 높은 유명인 혹은 작가의 목록, 이른바 '데스노트'를 어딘가에서 만들고 있는 것 아니냐는 흉흉한 괴담까지 있을 정도다. 다른 이의 죽음으로 이득을 보는 것이 온당한가에 대한 논란과 함께 '고인故人 마케팅'이라는 비난도 많지만, 그만큼 그 사람을 사랑하고 그리워하기 때문에 그의 흔적을 책으로라도 간직하고 싶은 이들이 많다는 방증이라 생각한다.

　예상치 못한 일인 만큼, 책을 찍어 내는 속도가 판매량을 따르지 못하는 경우도 왕왕 생긴다. 출판사에서 부랴부랴 인쇄소와 제본소를 추가로 수배하여 풀가동하지만, 1~2주 정도는 재고가 불안정할 수밖에 없다. 책을 왜 살 수 없냐는 독자들의 항의가 빗발치니 출판사와 MD는 매출이 올라도 마냥 즐거워하고만 있을 수도 없다. 주문한 고객은 수만 명이 넘어가는데, 출판사에서 보내오는 책은 천 권 단위에 불과하고, 급기야는 고객센터와 물류센터에서까지 책이 언제쯤 들어오냐고 연락이 오기 시작하면 MD의 속은 새까맣게 타들어 간다.

　약속한 2만 부의 책이 3일 가까이 들어오지 않아 애를 태우던 때의 일이다. 출판사의 영업 담당 부장에게 몇 번이고 연락을 취해 봤지만 온종일 감감무소식. 전화 연결이 되지 않던 시간이 마치 영겁의 세월처럼 느껴지던 차, 저녁 무렵이 되어서야 전화 연결이 되었는데 이미 그분은 거나하게 취한 듯했다. "네, MD님! 제가 책도 못 보내 드리고, 너무 속상하고 죄송하기도 해서, 술 좀 마시고 있습니다!!" 아, 네 부장님, 그 술 저야말로 마시고 싶네요…….

또 하나 책 동네의 로또는 열심히 활동해 온 작가의 작품이 세계적으로 권위 있는 해외 문학상을 받으며 다시 조명받는 경우다. 문학 작품의 예술적 성취에 우열을 가리는 것이 과연 의미가 있을까 싶기도 하고 이를 로또라고 부르는 것 역시 무례하게 느껴지지만, 우리 독자들과 언론은 워낙 1등을 좋아하니 문학상 수상은 매번 매출에 큰 영향을 미친다. 그간에는 노벨 문학상 수상만이 로또처럼 여겨져, 노벨 문학상 발표일이 되면 매년 후보로 점쳐졌던 모 시인 집 앞에 기자들이 진을 치고 있는 진풍경이 연출되곤 했다. 그러나 2016년 5월, 한강 작가의 『채식주의자』가 '세계 3대 문학상' 중 하나로 꼽힌다는 맨부커상을 수상하면서 무려 몇 개월 동안 베스트셀러 자리를 지켰고 이후 맨부커상 역시 신종 로또의 반열에 올랐다.

아무래도 오르한 파묵(2006 노벨 문학상)이나 파트릭 모디아노(2014 노벨 문학상)처럼 국내에서 이미 사랑받던 작가가 노벨 문학상을 받는 경우보다는, 앨리스 먼로(2013 노벨 문학상)나 스베틀라나 알렉시예비치(2015 노벨 문학상)처럼 수상과 함께 이름이 알려지는 작가의 경우 좀 더 로또 같은 느낌으로 다가오긴 한다. 이러한 문학상의 경우 유력 후보군이 어느 정도 공개된 상황에서 수상 여부를 점치는 일이 대부분이라 도박사들의 베팅 확률 등을 참고하는 등 어느 정도 예상 답안을 뽑아 놓고 준비할 수는 있지만, 수상과 비수상의 경우에 따른 온도 차이가 천양지차이므로 미리 준비한답시고 섣부르게 책을 더 찍어 두는 것도 부담스러운 일이다. 그렇다고 해서 이벤트를 너무 뒤늦게 준비해도 로또 당첨의 기회를 놓친다. 그래서 수상작 발표가 있는 매년 10월 초의 어느 날 저녁 8시(스웨덴과의 시차 탓)쯤 되면 유력 후보의 책을 출간한 출판사 직원들과 각 서점의 문학 MD들은 야근을 자처하며 스웨덴 한림원의 발표에 귀 기울인다.

문학 MD에게 그 어느 때보다 크나큰 충격과 절망을 안겨 주었던 밤은 단연 밥 딜런이 노벨 문학상을 수상했던 2016년이었다. 당시 『채식주의자』의 맨부커상 수상으로 매출 대박을 낸 문학 MD와 함께 우리는 노벨 문학상으로 또 한 번의 로또를 꿈꾸고 있었다. 후보로 점쳐지던 무라카미 하루키가 수상할 경우와 당시 후보로 올라 있던 미국이나 유럽 작가가 수상할 경우 등 서너 가지 경우의 수에 따라 차별화한 이벤트 페이지, 굿즈 등으로 모든 준비를 마쳐놓고 그 어느 때보다 기대로 충만해 있었다. "야, 매출은 우리 거야. 완벽해!" 그러나 한림원에서 '밥 딜런'을 호명한 순간 모든 것은 한순간의 꿈으로 끝났다. '한림원 사이트가 해킹당한 게 아니냐'며 밥 딜런의 수상을 부정하고팠던 그날 밤의 허탈함이라니! 그 많은 경우의 수를 대비한 준비는 무용지물이 되고 뒤늦게 밥 딜런의 수상을 축하하는 기획전 페이지를 만들고 음반 상품을 추가하느라 그 어느 해보다 급박해진 문학 MD의 어깨가 유난히 안쓰러워 보였던 건 내 기분 탓만은 아니었으리라.

그렇게 확률 높은 로또와도 같았던 노벨 문학상은, 2018년 한림원이 성 추문에 휩싸이며 선정 위원들이 대거 사퇴하는 내홍을 겪으며 수상자를 내지 못하는 초유의 사태를 겪었고, 그 영향으로 2019년에 올가 토카르추크와 페터 한트케, 두 명의 수상자를 냈는데 그마저 수상자 중 한 명인 페터 한트케가 유고슬라비아 인종 대학살의 주역 밀로셰비치를 옹호한 일로 여러 논란에 휩싸이는 등의 이슈 탓인지 예전만큼 영향력을 발휘하지 못하고 있다.

2020년에는 미국의 시인 루이스 글릭에게 그 영광이 돌아갔는데, 저녁 8시 PC 앞에 모여 있던 나와 문학 MD는 처음 들어 보는 수상자의 이름이 불린 후 한동안 말을 잇지 못했다. 루이스 글릭? 루이즈 글릭? 루이즈 글뤽? 국내에 소개된 번역서가 하나도 없는 작가가 노벨 문학상을 수상한 것은 너무나 오랜만의 일이라, 우리는 준비했던 모든 걸 원점으로 돌리고 노벨상 홈페이지에서 퍼온 일러스트 한 장만으로 소박한 노벨 문학상 페이지를 오픈해야 했다.

이쯤에서 이제 도서 MD가 기대어 볼 로또는 한국 작가의 노벨 문학상 수상 정도일 듯한데⋯⋯. BTS의 빌보드 차트 1위, 봉준호 감독의 아카데미 수상과 더불어 『82년생 김지영』 등 아시아 출판 시장에서 좋은 반응을 얻고 있는 우리 문학 작품들이 K-팝에 이은 K-문학의 시대를 열어 줄 것이라 예측해 보며 또 하나의 로또를 꿈꾼다.

이렇게 제일 기분 좋게 꿈꿀 로또는 한국 작가의 노벨 문학상 수상이겠지만, 현실적으로 생각하면서도 온갖 경우의 수를 대비해야 하는 MD로서 예상해 볼 수 있는 건 흥행 보증 수표 무라카미 하루키의 노벨 문학상 수상이 아닐까 한다. 2017년에 하루키를 두고 굳이 일본계 영국 작가 가즈오 이시구로에게 보란 듯 노벨 문학상을 안긴 한림원의 삐딱함을 생각하면 쉽지는 않을 듯하다. 그러나 하루키 자신도 노벨 문학상을 의식한 듯 2019년에 자신의 아버지를 회상하며 전쟁과 역사의식에 대한 입장을 담은 이야기 『고양이를 버리다』(비채, 2020)를 발표하며 정치, 역사적 이슈 등에 목소리를 내기 시작한 것을 보면 아주 헛된 꿈만은 아닐 것이다. 문학 분야의 매출을 생각한다면, 서점계의 매출 부흥을 생각한다면…… 한림원이여, 무라카미 하루키에게도 노벨 문학상을!

이와 함께 로또처럼 '한 방!'의 느낌은 아니지만 왠지 마음 한편이 든든한 '연금 복권'처럼 여겨지는 경우는 TV 프로그램과 같은 미디어 매체를 통해 책이 소개되면서 판매가 일어나는 형태의 '미디어셀러'다. 온라인 서점의 지난 20년 세월은 어찌 보면 미디어셀러와 함께 성장했다고 해도 과언이 아닐 것 같다. 미디어셀러 시대를 연 첫 번째 프로그램은 『느낌표』(MBC)라는 예능 프로그램의 한 코너 「책책책! 책을 읽읍시다」였다. 그 프로그램을 통해 『괭이부리말 아이들』(창비, 2001), 『봉순이 언니』(푸른숲, 1998)와 같은 셀러가 양산되었으며, 이후 『TV 책을 말하다』(KBS1), 『비밀독서

단』(tvN)에 이어 최근엔『요즘책방: 책 읽어 드립니다』(tvN)까지 책 소개 TV 프로그램이 만들어 낸 베스트셀러가 헤아릴 수 없이 많다. 어찌 보면 책의 경쟁 상대일지 모르는 TV에 소개되어야 판매가 증가한다는 것이 퍽 아이러니한 일이다.

'미디어셀러'의 또 한 축을 이루는 것은 바로 드라마에서 PPL로 등장하는 책들이다. 드라마『내 이름은 김삼순』(MBC)에서 소개된『모모』(비룡소, 1999)와『사랑하라 한번도 상처받지 않은 것처럼』(오래된미래, 2005)을 시작으로 드라마『프로듀사』(KBS2)에 나왔던 컬러링북『비밀의 정원』(클, 2014),『별에서 온 그대』(SBS)에 등장했던『에드워드 툴레인의 신기한 여행』(비룡소, 2009),『도깨비』(tvN)에 나왔던『어쩌면 별들이 너의 슬픔을 가져갈지도 몰라』(위즈덤하우스, 2015)까지 다양한 책들이 베스트셀러 차트를 들었다 났다 하며 뒤흔들었다. 드라마에 등장하는 책은 거의 대부분 PPL로 진행되므로 이에 맞춰 여러 가지 준비가 가능하긴 하지만, 흥행 자체를 미리 점칠 수는 없다. 2020년 방영된 드라마『사이코지만 괜찮아』(tvN)에서 PPL로 소개되어 베스트셀러 차트에 진입한『악몽을 먹고 자란 소년』(위즈덤하우스, 2020)을 비롯해『좀비 아이』,『봄날의 개』,『손,

아귀』,『진짜 진짜 얼굴을 찾아서』 등은 모두 한 출판사에서 출간된 책으로, 기존에 출간되어 있던 도서를 PPL한 것이 아니라 드라마 기획 단계에서부터 극의 내용과 밀접하게 연관된 책을 함께 기획하여 연달아 출간한 경우이다. 앞으로는 이처럼 드라마 기획 단계부터 극 속의 주요한 모티브가 되는 책을 함께 기획해 내놓는 사례가 많아지지 않을까 생각해 본다. 물론 드라마 PPL은 성공 사례만 주로 얘기되므로 아예 언급도 잘 안 되는 실패 사례가 더 많다는 것은 공공연한 비밀이기도 하다. 그러나 소위 '대박'이 날 경우 투자한 이상 거둬들일 수 있으니, 이쯤 되면 로또가 아니라 도박이라고 해야 할지도 모르겠다.

요즘 대세는 단연 강연/토론형 프로그램에서 저자가 자신의 매력을 십분 발휘하여 인기를 얻고 그 인기가 책 판매로까지 이어지는 경우다. 원래도 인기 작가였지만『알쓸신잡』,『썰전』 등의 출연으로 더욱 인기를 모은 유시민 작가, 자녀 양육 관련한 프로그램에서 큰 인기를 얻은 오은영 교수,『무한도전』과『어쩌다 어른』 그리고『요즘책방: 책 읽어 드립니다』,『선을 넘는 녀석들』까지 출연해 연타석 안타를 치며 수능1타 강사에서 국민 강사가 된 설민석 작가 등이 그 대표 주자 격이다. 이렇게 예능 프로그램이나 TV 강연 프로그램에서 입담을 과시해 책 판매가 상승하는 경우는 일견 흔한 듯 보여도 시장 전체로 보면 아주 흔치 않은 경우다. 일단 연예인을 능가하는 입담과 감각을 갖춰야 하고, 또한 대중에게 호감을 줄 만한 외모나 매력도 갖춰야 하기 때문이다. 원래도 잘나가는 작가였는데 미디어에서 새로운 면모를 보인 덕에 영향력이 폭발한 경우라고 할까.

최근 들어선 미디어셀러의 축이 TV에서 팟캐스트와 유튜브 등 다른 서비스 매체로 확장되어 옮겨 가고 있으니 이제 MD들은 TV뿐 아니라 팟캐스트, 유튜브까지 살피느라 더욱 바빠졌다. 최근 들어 "대체 왜 이런 책이 판매가 올랐지?" 하고 찾아보면 십중팔구는 유튜브에서 책이 소개된 경우이다. 주로 경제서나 사회·정치서에서 이런 경우가 증가하고 있는데, 2019년 봄 출판계를 떠들썩하게 했던 『반일 종족주의』(미래사)와 같은 책이 그렇다. 아마 앞으로도 늘면 늘었지 절대 줄어들 리는 없을 것으로 보아 미디어와 책은 결코 대립하는 상대가 아니라 상호보완재라 보아야 할 것이다.

누가 봐도 흥행 보증 수표임이 틀림없으나 흔치 않은 일이라 로또처럼 여겨지는 마지막 유형은 연예인과 같은 셀럽의 책 출간이다. 과연 이들의 책을 책의 범주로 봐야 하는가에 대해서는 의견이 분분하나 어쨌거나 ISBN을 부여받아 서점에서 판매하고 있으니 MD의 매출엔 매우 이로운 것이 사실이다. 연예인들은 예전부터 에세이, 화보집, 요리책 등 다양한 유형의 책을 출간해 왔는데 이런 기획 출판이 메가 히트로 이어진 첫 케이스는 2009년에 출간되었던 빅뱅의 『세상에 너를 소리쳐!』(쌤앤파커스)라는 자기계발 성격을 띤 에세이였다. 이후 인기 아이돌과 연예인들에게 비슷한 제안이 꾸준히 건네지는 것으로 알고 있으나, 출판 시장 규모에 비해 투자 비용이 너무 크다 보니 그간엔 잘 성사되지 않았다. 그러나 2018년 이후 펭수의 에세이 다이어리부터 워너원의 『우리 기억 잃어버리지 않게』(아르테팝, 2018)와 양준일의 『양준일 MAYBE: 너와 나의 암호말』(모비딕북스, 2020), 『트바로티, 김호중』(스튜디오오드리, 2020) 등의 책이 종합 베스트 1위에 오르내리는 일이 잦아지며, 연예계에서도 예전보다는 책 출판을 긍정적으로 보는 것 같다. 아이돌그룹 BTS의 소속사 빅히트 엔터테인먼트도 BTS의 노랫말을 일러스트로 그린 그림 에세이 『GRAPHIC LYRICS』(Big Hit IP, 2020)를 내며 출판에 뛰어든 상황. 가장 크게 출판 시장을 뒤흔든 건 역시 인기 캐릭터 펭수의『오늘도 펭수 내일도 펭수』(놀, 2019)로, 책이 나온다는 소식이 알려짐과 동시에 각 포털 실시간 검색어 1위를 오르내리며 예약 판매 개시 하루 동안의 판매만 2만 부에 달하는 진기록을 세웠다. 책자 형식의 화보집이나 굿즈 개념으로 출간되는 유명 연예인의 책은 출판하려면 일단 소속사의 까다로운 확인 작업을 거친 후 그보다 더 까다로운 팬들의 마음까지 잡아야 한다. 연예기획사는 일반적인 수준 이상의 인세와 기타 조건을 요구할 것이고, 요즘 팬들은 화보와 내용 구성, 소속사의 공식 참여 여부는 물론 인쇄와 종이의 품질까지 까다롭게 따질 테니 온갖 난관을 뚫고 책을 내는 것 자체가 로또 당첨과 같은 일일지도 모르겠다.

여기까지 정리하고 보니…… 출판 로또보다 그냥 내가 로또를 사서 당첨되는 확률이 더 높은 게 아닐까, 하는 의구심이 생긴다. 내가 로또를 사면 그래도 5등 당첨쯤은 어쩌다 기대할 수 있는 것 아닌가! 물론 여기 로또로 거론한 여러 경우는 열심히 책을 만들고 파는 이들에게 찾아오는 것이지, 요행만으로 가능한 일은 결코 아니다. 어쨌거나 우리 모두는 오늘도 내 노력의 대가로 대박이 터지기를 꿈꾼다.

{ MD 입장에서 솔직히 말해 보는 리커버 }

책이란 무릇 내용이 중요하다고 여기지만 내용만큼이나 중요한 것이 책의 첫인상을 결정하는 표지다. "보기좋은 떡이 먹기도 좋다"라는 속담도 있지 않은가. 아무리 좋은 내용이어도 어울리지 않는 표지가 떡하니 자리잡고 있다면 팔아야 할 입장에서는 "이건 좀……"이라며한숨을 쉬게 된다. 가령 온라인 서점 검색 창에서 초대형 베스트셀러『총, 균, 쇠』(문학사상, 2005)의 저자 재레드 다이아몬드가 쓴 또 다른 저서『왜 인간의 조상이 침팬지인가』(문학사상, 2015)를 검색해 보면 한숨의 의미를 조금 짐작할 수 있을 것이다. (책의 판매지수까지 전작과 비교하면 한숨은 더 깊어진다. 물론 이 모든 것이 표지 탓이라고만 할 수는 없겠으나.)

우리나라에서 표지 디자인이라는 개념을 개척하기 시작한 것이 1970년대 후반이라고 하니, 한국 출판의 역사를 생각해 봐도 아주 오래되었다고 할 수는 없을 듯하다. 하지만 우리의 책 표지는 빠르게 진화를 거듭해 세계에서도 손꼽힐 만큼 화려하고도 유려한 디자인을 선보이고 있다. 소위 '후가공'● 측면에서는 정말 우리나라를 따라올 곳이 없지 않을까. 초창기에 보였던 금박, 은박뿐만 아니라 이제는 먹박, 적박, 홀로그램박까지 박 종류도 다양해졌고 그 외에도 입체감을 주는 형압, 올록볼록하거나 반짝이는 효과를 주기 위한 에폭시나 UV 코팅 등 책 표지에 다양한 질감과 효과를 주기 위한 후가공은 날로 발전하고 있다. 심지어 야광 도료를 넣어 불을 끄면 빛나는 책까지 나오고 있으니 그 표현의 한계가 어디일지 짐작도 되지 않는다.

온라인 서점의 등장 이후, 그간 실물의 책 표지가 매대에서 어떻게 보일까를 고민해 왔던 디자이너들은 이제 매대는 물론이고 웹상에서 어떻게 보일까도 고민하게 되었단다. 이제는 출판사에서 서점으로 표지 이미지를 자료로 보낼 때 화면상의 이미지에서는 잘 드러나

●표지 및 내지를 비롯한 인쇄물을 인쇄한 후 제본 전에 처리하는 모든 과정. 인쇄물에 다양한 효과를 더하기 위해 여러 기법이 이용된다.

지 않는 후가공의 고급스러움과 화려한 느낌을 최대한 구현해서 보내려 애쓰는 곳이 많고, 색감과 제목 등을 온라인 화면에서 잘 보이게 고려한 표지 디자인을 하는 곳도 여럿이다.

띠지가 표지의 일부인지, 그저 거추장스러운 부속물인지에 대해서는 논란의 여지가 있는데 출판사와 온라인 서점 간의 논란 포인트는 조금 특이하다. 책 판매에 영향을 줄 주요 포인트를 강조해 넣은 띠지도 표지의 일부이니 이를 온라인 서점 표지 이미지에서도 함께 보여 주겠다는 출판사와 배송 과정에서 띠지가 손상되면 고객 클레임이 발생할 수도 있고 또한 띠지는 광고물일 뿐 책에서 영구한 부분은 아니니 아예 웹상에서 보여 주지 않겠다는 온라인 서점 간의 실랑이를 우리는 '띠지 갈등'이라 부른다. 아마 온라인 서점과 거래가 있는 출판사 중에는 "띠지만 재발송 좀 부탁드려도 될까요?"라는 MD의 연락을 꽤 받아 보았을 것이다. 띠지를 웹상에서 노출하는 순간, 띠지와 관련한 독자들의 다양한 클레임이 예상되므로 MD들은 띠지가 있는 책을 선호하지 않는 편이다. 특히 팬덤이 있는 저자의 책일 경우 띠지마저 소중하게 여길 독자를 위하여 클레임 대처용으로 띠지 여분을 별도로 받아 두거나, 책을 아예 래핑해 달라고 신신당부하거나, 띠지 클레임이 들어오면 출판사에서 우편으로 발송하라고 미리 으름장(?)을 놓기도 한다. 그러나 기실 모두 비용이 드는 처방이라, 제일 좋은 건 애초에 도서 소개 페이지에서 띠지를 보여 주지 않는 것이라고 생각하지만, 뭐라도 하나 더 보여 주고 싶은 출판사의 생각은 또 다르리라. 언젠가부터 띠지가 책 디자인의 일부로 기능하는 일도 잦고, 띠지를 모아 오는 독자에게 혜택을 준다거나 띠지에 비밀 문구를 인쇄해 흥미를 유발하는 이벤트를 하는 모습도 눈에 띄지만, 출판사와 온라인 서점의 처지가 바뀌지 않는 한 '띠지 갈등'은 영원히 계속될 것 같다. 그러나 띠지 무용론에 98퍼센트 동의하는 나조차도 간혹 '이건 아니다' 싶은 표지의 책을 내미는 출판사 담당자에게는 이렇게 말하곤 한다. "이건 어쩔 수 없네요…… 책 크기의 2/3쯤 띠지를 만들어서 덮으시는 건 어떠세요?"

표지를 디자인할 때 책의 분야에 따라 색감을 고려해야 한다는 속설도 있다. 주식 관련 책을 만들 때는 푸른 계열 색감은 금기시하니 붉은 계열의 색감으로 디자인해야 한다는 식이다. 주가 상승, 주식 대박을 꿈꾸며 책을 사 보는 이들에게 하락장을 암시하는 파란색은 당연히 아니 될 말. 또한 한때 추리소설이나 스릴러물의 표지는 주로 검은색을 사용한다는 속설도 있었는데 요즘에는 내용을 짐작하기 어려운 유려한 일러스트를 사용하는 책도 여럿 눈에 띈다. 특히 소설의 경우 표지의 인상적인 일러스트가 초기 독자들을 잡아끄는 원동력이 되곤 하는데, 대표적인 경우가 바로 『창문 넘어 도망친 100세 노인』(열린책들, 2013)이 아닐까. 감각적인 일러스트가 들어간 이 표지는 이후 다른 소설들의 표지에도 많은 영향을 주었는데, 이후에도 100세 노인은 나중에 산타 복장을 하거나 서핑보드를 든 화려한 비치 셔츠 차림으로 크리스마스나 여름휴가철 한정판으로 등장해 독자의 눈길을 끌었다.

해를 거듭해도 꾸준히 인기 있는 에세이의 경우 봄철이 되면 '벚꽃 에디션'을 출간하는 경우가 많아진 것도 한 흐름이다. 보통 캐릭터 에세이의 경우 봄바람에 휘날리는 벚꽃잎 속에 해당 캐릭터가 서 있는 이미지로 표지를 갈아입는데 그러면 봄이라고 판매가 또 늘어난다. 이처럼 인기 있는 베스트셀러의 경우 '어나더 커버' 혹은 '리커버'로 불리는 한정판 표지 갈이는 한때의 유행인가 싶었는데, 지금은 아주 일반적인 출판 마케팅 중 하나가 되어 버렸다. 초기에는 한때 선풍적인 인기를 끌었던 초판 복간본 바람의 또 다른 유형이 아닐까 하는 이야기도 있었으나, 이보다는 음반이나 DVD 시장에서 자주 보이던 소위 '한정판' '리패키지' 마케팅이 책 시장에도 적용된 것으로 보는 것이 맞을 듯싶다. 그런데 백만 장을 우습게 넘기던 음반 시장도 음원 스트리밍 서비스의 출현으로 예전 같지 않다고 하고 그나마 명맥을 유지하는 것이 아이돌 팬덤을 대상으로 하는 '한정판' 혹은 '리패키지' 음반이나 팬 사인회를 명목으로 내건 이벤트 정도라고 하니 출판 시장도 그런 수순을 밟아 가는 건 아닌지 약간의 불안감이 들기도 한다.

하지만 독자 입장에서는 자신이 정말 아끼고 좋아하는 책이 새로운 콘셉트로 디자인된 한정판 표지의 책으로 나오면 또 갖고 싶은 욕심이 생기는 것 같다. 그 책을 처음 만나는 독자의 입장에서도 각기 다른 분위기의 표지 중 자신의 취향대로 고를 수 있게 선택의 폭이 넓어지는 셈이다. 독자의 마음이 어느 포인트에서 자극받아 어디로 튈지는 아무도 모르니 이런 리커버 흐름도 독자의 구매 욕구를 자극하는 노력의 하나다. 우리 MD도 이런 독자 고객의 마음을 비집고 들어가려면 어떤 디자인을 골라야 할지, 어떤 책을 골라야 할지 머리를 싸맨다. 어찌 보면 그간 출판 유통에서 MD의 역할은 이미 기획된 상품을 시장에서 어떻게 프로모션할지에 방점이 더 찍혀 있었다고 한다면, 이제는 본격적으로 MD도 출판 기획에 숟가락을 놓는, 아니 놓아야만 하는 시대에 들어선 것이 아닐까.

내가 일하는 서점 역시 2016년 연말부터 리커버 기획을 시작해 시장에 내놓고 있는데, 해마다 20~30권 정도의 책을 리커버 에디션이나 리커버 특별판으로 선보이고 있다. 그 첫 번째는 바로 베르나르 베르베르의 대표작 『개미』. 1993년에 출간된 터라 오래되기도 했고, 예스24 고객들이 가장 좋아하는 외국 작가로 꼽은 이의 책이기도 한 만큼 의미 있으리라 생각하여 열린책들 출판사와의 협업으로 한정판으로서의 소장 가치를 높인 리커버 에디션을 내놓았다. 그간의 경험으로 서점 측에서 주도하는 리커버를 기획할 때는 가급적 다음과 같은 조건을 충족시키려 노력하고 있다.

① '지금' 리커버 하는 데엔 최소한의 이유가 있을 것. 가령 『노르웨이의 숲』 출간 30주년 기념 리미티드 에디션, 『그릿 Grit』 100쇄 기념 리커버 에디션 등

② 받아 보는 독자들이 정말 '선물'을 받은 듯한 느낌일 것(표지, 굿즈)

③ 최대 두세 달 안에는 소진될 수 있는 한정 수량

으로 제작할 것

그간 판매를 해 보니 이런 리커버 도서의 경우 가격대가 높은 책보다는 부담 없이 구입할 수 있는 가격대의 책이 좀 더 반응이 빠른 편이다. 당연한 것이지만, 이미 그 책을 구입한 사람들까지 타깃으로 하는 터라 웬만한 구성이 아닌 다음에야 부담스러운 가격은 구매 장벽이 된다. 아이돌 음반이라면 멤버별 랜덤 포토 카드 같은 옵션을 넣을 수 있겠지만, 책이 어떻게 그럴 수 있겠는가. 작가의 화보로 제작한 랜덤 포토 카드? 그걸 넣는다고 독자들이 반응할까? 리커버 도서를 포함해 다른 도서를 함께 구입하는 경우를 고려하여 표지의 이미지를 활용한 굿즈를 같이 기획해서 증정하곤 하는데, 어떤 굿즈를 주느냐 하는 것보다는 리커버된 표지에 어떤 이야기가 담겨 있는지, 얼마나 표지가 새로운 감각으로 바뀌면서도 책의 내용을 잘 담아냈는지 등을 궁금해하는 것으로 판단된다. 그간 타 온라인 서점이나 출판사 주도로 진행된 상품 중 리커버 도서의 의미가 잘 구현된 책을 꼽아 보자면 하루키의 『노르웨이의 숲』(2017 출판사 진행)과 브란튼베르그의 『이갈리아의 딸들』(2016 알라딘 진행) 정도다. 이 책들은 리커버를 출간한 시기도 적절했고, 리커버를 한 이유나 표지와 내용을 아우르는 콘셉트도 분명해 인상적이었다. 당연히 독자의 호응도 뜨거웠다. 최근에는 '숲 에디션'으로 펴낸 노석미의 『매우 초록』(2019 교보문고 진행)과 정세랑의 『지구에서 한아뿐』(2019 교보문고 진행) 등이 환경 관련 주제의 책을 묶어서 리커버하며 나무 심기라는 공익적 활동까지 잘 조합한 기획이어서 신선하게 다가왔다. 예스24에서는 '연말연시에 새로이 각오를 다지는 이들을 위한 선물' 콘셉트로 기획했던 『5년 후 나에게 Q&A a day』(2016 예스24 진행)와 『미라클 모닝』(2016 예스24 진행), 『셜록 홈즈 130주년 특별판』(2017 예스24 진행), 그리고 글쓰기에 관련된 세 권의 책 『강원국의 글쓰기』(2019 예스24 진행), 『내 문장이 그렇게 이상한가요?』(2019 예스24 진행), 『글쓰기의 최전선』(2019 예스24 진행)을 한꺼번에 리커버하며 글쓰기 특강을 함께 기획했던 것이 기획 의도도 분명하게 드러나면서 독자의 반응도 좋았다고 자평해 본다.

하지만 최근의 리커버는 대량 주문의 또다른 명분으로 변질되고 있는 것은 아닌가 의문이 들 때가 많다. 물론 대부분의 책은 시의적절한 리커버로 독자의 관심과 사랑을 받기도 하지만, 이 시점에 왜 리커버해야 하는지에 대한 명확한 이유나 서사 없이 그저 표지 갈이를 하여 서점에 재고를 밀어 넣는 목적으로만 이용하는 건 아닌지 의심되는 책들이 늘어나고 있는 것도 사실이다. 리커버의 경우 통상 2천 부 내외의 수량으로 제작하는 편인데, 이런 경우 특정 서점에서 전량 판매할 것을 전제로 출판사에서 새로운 표지를 기획하여 제작하기로 합의한 것이라 서점이 재고를 모두 책임져야 한다. 그러니 출판사가 제안하더라도 MD의 강한 의지가 있지 않으면 선뜻 진행하기가 어렵다. 그저 잘 팔리던 책이었다는 단순한 근거로 표지를 한번 바꿔 보면 매출의 불씨가 다시 살아나지 않을까, 하는 정도의 막연한 기대로 덜컥 리커버 기획을 진행한다면 분명히 독자를 설득하기 어려울 것이다. 그러니 리커버 도서를 선정할 때는 출판사도 MD도 매우 신중해야 한다.

이제 흔해질 대로 흔해진 리커버 도서는 이미 일 년에 수십 권 이상 쏟아져 나오고 있어 독자의 피로감이 높아진 것도 MD들의 고민이다. 내가 일하는 서점만 해도 한 해에 20~30권의 리커버 작업을 진행하고 있으니…… 아예 안 할 수는 없고, 단순한 리커버와 굿즈 그 이상을 뛰어넘는 기획이 필요한 시점인 것 같아 시름이 깊다.

11

{ **올해도 돌아왔네, 올해의책** }

서점의 한 해는 '올해의 기대작', '올해 꼭 읽어 볼 만한 책', '새해 새 마음 새 책'과 같은 기획전으로 시작되어 '내년도 전망서 기획전', '○○○이 뽑은 올해의책', '독자가 뽑는 올해의책', '연말 결산전'과 같은 기획전으로 끝난다. 아마 매해 12월, 어김없이 여러 신문과 잡지, 방송과 같은 미디어에서 '20NN년 올해의책'과 같은 타이틀이 붙은 기획이나 특집을 심심치 않게 만나볼 것이다. 이와 함께 11월 초·중순만 되면 각 서점에서는 '올해의책'을 뽑는다는 투표, 행사를 시작하며 독자의 눈길을 잡아끌기 위해 애쓰고 있으리라.

매해의 끝자락에서 독자가 만날 수 있는 '올해의책'

은 크게 두 가지 유형으로 나눠볼 수 있다. 언론사의 문화/출판 담당 기자가 주관하여 출판계 인사와 유명 저자 여러 명에게 추천을 받아 이를 통계화해 선정한 '올해의책'과 서점에서 일하는 이들이 판매를 바탕으로 개인의 사심(?)을 담아 추천하는 '올해의책'이다. 두 번째 유형의 '올해의책'에는 금메달 유형과 아차상 유형이 있는데, 금메달 유형은 좋은 책이라고 생각하여 내가 열심히 팔았더니 독자도 많이 구매하여 뿌듯했던 '명실상부 올해의책'이며, 아차상 유형은 내가 좋은 책이라고 생각해서 열심히 팔았지만 독자의 호응은 영 기대에 미치지 못했으나 여전히 포기할 순 없는 '내 마음속 올해의책'이 되겠다.

가장 보편적으로 서점에서 이야기하는 '올해의책'은 지난 한 해 동안 서점에서 많이 팔린 책들을 대상으로 독자들의 투표를 통해 선정된 책이다. 좀 더 자세히 살펴보면, 이 '올해의책'이라는 타이틀은 『오늘도 펭수 내일도 펭수』나 BTS의 화보가 게재된 잡지, EBS 수능특강 시리즈처럼 그해에 출간되어 가장 많이 팔린 책이나 종합 베스트셀러 1위에 오른 책을 의미하는 것이 아니다. 내가 일하는 예스24에서도 해마다 '올해의책'을 선정하는 투표를 진행하는데, 이 투표 페이지에 소개된 책의 선정 기준은 다음과 같다.

① 내용과 편집이 참신하고 우수하며 기획 제작자의 성의가 돋보이는 책

② 해당 연도의 상황과 맞는 시의적절함과 아울러 한국인, 특히 인터넷 서점 독자에게 화제가 되었던 책

③ 오랜 기획과 저술의 노고 등으로 발간의 의미가 깊은 책

④ 무엇보다도 대한민국 독자의 많은 사랑을 받아 앞으로도 오랫동안 20NN년의 책으로 기억될 책

즉 '올해의책'이라는 타이틀을 달기 위해서는 저자와 기획자의 오랜 고민과 노고로 탄생하여 시의적절하면서도 보편성을 획득한 참신한 메시지를 담고 있어야 한다. 여기에다 많이 팔리기까지 해야 한다. 이 모든 것을 위해 올 한 해도 저자는 열심히 글을 쓰고, 편집자는 열심히 책의 완성도를 높이려고 노력했으며, 마케터는 부지런히 움직여 책을 알리고 팔았다. 이와 함께 서점은 그들의 노력이 헛되지 않도록 의무감을 갖고 열심히 책을 소개해 왔다. 이 과제를 전부 완수하여 '올해의책'이라는 타이틀을 얻는다면 그것은 분명 대단한 영예

임이 틀림없으리라. 그렇지만 선정 기준의 ④번 항목에 적힌 것처럼 "대한민국 독자들의 많은 사랑"을 받는 것은 우리의 노력만으로 이뤄지는 일은 아니고, 거기에 가늠할 수 없는 독자의 선택이 더해져야 하기에 어렵고도 어렵다. 해마다 서점에서 '올해의책' 투표가 시작되어 1, 2위 책이 박빙으로 다투는 중간 결과가 나오면 독자들이 꼭 항의성 질문을 한다. "아니, 올해의책 투표가 인기투표입니까? 그 책이 1등을 하는 게 말이 되나요?" 우리의 답변은 항상 정중하고 동일하다. "예, 고객님. 이 투표는 인기투표가 맞습니다." 독자들의 투표로 결정한다는 것 자체가 많이 팔리면서도 우리 서점의 고객들이 좋아하는 책을 뽑겠다는 의미이기 때문이다. 투표를 통해 최종 순위를 결정하는 형태로 진행되는 '올해의책'은 일단 후보 목록에 포함되어야 최종 순위에 들어갈 수 있으므로 출간 때부터 후보 및 순위권 진입을 염두에 두고 책의 출간 시기를 조율하는 곳도 심심찮게 만날 수 있다. 공공연히 알려진 사실은, 이러한 선정 작업이 다들 하반기에 이뤄지므로 상반기보다는 하반기에 출간해 반향을 불러일으키는 것이 순위권 진입에 유리하며, 독자 팬을 많이 확보한 저자의 책이 좀 더 높은 순위에 랭크되는 편이다. 몇 년 전에는 배우 이준기가 일부 참여하여 화제가 되었던 외국인을 대상으로 한 한국어 교재 『이준기와 함께하는 안녕하세요 한국어』가 '올해의책' 순위에 당당히 이름을 올리는 일도 있었으며, 2018년에는 유시민 작가와 이국종 교수의 책이 '올해의책' 1위를, 2019년에는 소설가 김영하와 박막례 할머니의 에세이가 '올해의책' 1위를 차지했다. 이런 현상을 보면 간혹 독자들이 투표하는 '올해의책'은 올해의 인기 저자를 뽑는 게 아닌가 하는 생각이 드는 건 어쩔 수 없다.

출판인과 독자에겐 '올해의책'이 일 년을 돌아보며 회고하는 의미가 클 것이나 온라인 서점 MD에게 '올해의책'이 의미하는 바는 대략 다음과 같다.

① 11월에 독자 대상으로 진행되는 온라인 투표 행사(여기까진 여러분이 아는 것과 같다)

② 언제나 지난해의 투표자 수를 뛰어넘어야 한다는 미션이 자동으로 주어지는 행사(왕관을 쓴 자 그 무게를 견뎌라! 여기에 내가 일하는 서점에는 두 가지 행사가 더 얹어진다)

③ 온라인 투표에서 1~24위를 차지한 책의 출판사와 저자를 초대하여 진행되는 오프라인 시상식

④ 올해의책에 선정된 24권을 모아 독자를 대상으로 기획되는 오프라인 전시회

위의 일을 동시다발로 진행하다 보면 MD인 나의 연말이 엄청 정신없고 바쁠 것이라는 슬픈 예감은 매번 틀린 적이 없었다. 첫 번째 스테이지인 '투표 이벤트 페이지 오픈'을 수행하려면 먼저 투표 대상이 될 후보 도서 목록을 선정해야 한다. 이를 위해서는 지난 일 년간의 판매순으로 도서 목록을 추출한 후 그중에서 MD의 시선으로 후보가 될 만한 책을 추려 내야 한다. 최대한 공정하게, 혹시라도 빠진 책은 없는지 꼼꼼하게 살펴보는 회의를 두세 번 거친 후에 이를 바탕으로 모든 MD의 동의를 얻은 후보 목록을 확정한다. 회의를 하다 보면 MD들이 눈을 질끈 감아야 할 순간이 많다는 걸 실감할 때가 많다. A작가의 책이 두 권이나 목록에 있을 때는 좀 더 작품성이 높거나 많이 팔린 책 한 권만 선택하는 게 일반적이니 다른 한 권은 탈락, 저 책은 좋은 책이지만 이미 그 출판사의 책이 후보에 여럿 있기에 탈락, 그 책은 많이 팔리긴 했으나 정치색이 지나치게 강해 많은 논란을 불러 일으킨 터라 탈락! 물론 이와는 반대로 이 책은 이래서 좋고, 저 책은 저래서 좋고, 모두 독

자에게 알려졌으면 좋겠다며 좀처럼 후보 대상 도서를 압축하지 못하는 황희 정승형의 MD들도 없는 건 아니지만, 냉정한 유형의 MD보다는 아무래도 그 수가 좀 더 적다.

　이처럼 나름 치열한 과정을 거쳐 확정된 최종 후보 도서를 대상으로 투표를 진행할 수 있도록 페이지를 만들 때는, 투표에 참여하는 독자들이 이 페이지를 열었을 때 직관적으로 쉽게 참여할 수 있도록 해야 한다. 또한 투표 참여율을 높이기 위해 투표에 참여하는 독자들이 얻을 수 있는 보상도 적절하게 배치해야 한다. 도서정가제 시행 이전에는 투표를 마친 독자에게 할인 쿠폰을 지급하곤 했는데 도서정가제 이후에는 할인 쿠폰 지급 대신 1천 원 상품권이나 도서교환권을 지급하는 방식으로 변경되었다. 역시 참여율을 높이려면 소액이라도 모두가 받을 수 있는 보상을 지급해야 하겠지만, 최근 들어 투표보다는 보상에만 관심을 보이는 독자가 늘며 고민도 깊다.

　투표가 시작되면 후보에 오른 책을 만든 출판사의 편집자와 마케터가 자신들의 책에 한 표를 보태 달라고 독려하는 SNS 게시물을 심심찮게 만날 수 있다. 21세기는 적극적인 자기 PR의 시대니, 이러한 현상은 당연하다고 생각한다. 최근 들어서는 후보 책의 저자도 SNS 등을 통해 자신의 책에 투표해 줄 것을 적극적으로 독려하는 일이 많아졌다. 유명 작가의 경우 SNS 친구가 MD/편집자/마케터보다 확연하게 많으니 투표 페이지를 운용하는 MD들도 저자의 투표 독려 SNS 업로드를 은근히, 혹은 애타게 기대할 때가 많다. '아, OOO 작가가 페이스북에/트위터에/인스타에 한 번만 올려 주면 투표율이 껑충 뛸 텐데…….' 실제로 특정 도서의 순위가 갑자기 껑충 뛰는 경우는 대개 작가의 투표 독려가 있고 난 뒤일 때가 많다. TV 가요 순위 프로그램 투표에서나 들어 봤던 순위 조작 시도도 간혹 일어났다. 물론 투표 기간 내내 담당자들이 열심히 모니터링하고 있어서 이상 행동은 초기에 잡히므로 결과에 실제로 영향을 준 경우는 거의 없다.

이처럼 많은 난관 아닌 난관을 헤치며 한 달여의 투표 기간을 잘 마치면 드디어 '올해의책' 24권이 선정된다(내가 일하는 서점은 무얼 하든 '24'에 맞추려는 강박증이 있음을 고백한다). 그러고 나면 숨 돌릴 틈도 없이 바로 시상식 준비에 돌입한다. 선정된 책을 만든 저자와 마케터, 편집자, 디자이너를 초청하여 상패를 전달하는 것은 기본이고, 시상식 중간중간 수상 도서를 소개할 영상과 시상식장에서 보여 주어야 할 전시물 기획도 해야 한다. 좋은 일에는 잔치(?)가 빠질 수 없으니 잔치 음식을 준비할 케이터링 업체를 알아보는 것도 MD의 몫이다. 이 모든 일을 이벤트 기획사나 전시 전문 업체에 맡기면 좀 덜 고달프겠지만, 나의 고생이 덜어지는 만큼 비용은 올라가므로 대부분의 경우 혼자서 열 가지, 스무 가지 일을 동시에 진행할 때가 많다. 이렇게 '올해의책' 이벤트와 이어지는 행사를 준비하다 보면 '또 올해가 다 지나가는구나', '나는 과연 무엇을 하였는가'라는 후회와 반성으로 만감이 교차한다. 그러다 보니 MD 입장에서는 '올해의책'이라는 말을 들으면 가슴에 턱, 무언가 걸린 것 같은 기분이 드는 건 어쩔 수가 없다. 또 이쯤 되면 '올해의책이란 대체 무엇인가'라는 존재론적 회의에 빠져들기도 한다. 대체 올해의책이 무엇인가……!

바쁜 현대인들은 아무래도 시간을 절약하려 '추천'에 기대다 보니, '올해 가장 인기 있었던' 또는 '가장 사랑받았던', '가장 많이 팔린' 같은 타이틀이 달려 있으면 관심을 두지 않았던 책도 당연한 듯 다시 돌아보는 것 같다. 자신의 관심사와 맞든 맞지 않든, 일단 다른 사람들이 많이 찾았다니 대체 어떤 내용인지 살펴보게 되는 것이 사람의 심리인가 보다. 그렇기에 '올해의책'이라는 타이틀을 위해 우리 모두 지난 일 년을 치열하게 지냈는지도 모르겠다. 물론 제일 많이 팔린, 그래서 누구나 알고 있을 '식상한' 올해의책은 거부하겠다는 독자를 위해 서점이나 출판계 종사자들은 '내 맘대로 올해의책', '나에게만 올해의책' 같은 흥미로운 리스트도 많이 내놓고 있으니 찾아보면 분명 '내 취향의, 나만의 특별한' 책을 만날 수 있을 것이다. 생각해 보면 '대체 어떤 내용인지, 한번 보기나 하자'라는 독자들의 바로 그 반응을 끌어내려고 우리 모두가 '올해의책'을 애타게 고르고 찾는 게 아닐까 싶기도 하다. 결국 올해의책이란, 그해에 출간된 수많은 책 중 독자들이 독서에 실패할 확률이 적은 결괏값으로 큐레이션 해 주는 것일 테니까. 과연 올해는 어떤 책들이 '올해의책'이라는 타이틀을 달고 독자에게 그 모습을 선보이게 될까. 부디 올해도 좋은 책들이 독자의 눈길을 사로잡아 '올해의책'이라는 자랑스러운 타이틀을 갖기를 소망한다.

12

{ 그래도 MD가 되고 싶다는 당신에게 }

이 일을 오래 하다 보니 "서점에서 도서 MD로 일하려면 어떻게 해야 하나요?"라는 질문을 종종 받는다. 2000년대 초·중반에는 새롭게 등장한 온라인 서점의 도서 MD가 매력적인 직업으로 인식될 때도 있었지만, 출판계의 성장률이 정점을 찍고 정체를 면치 못하고 있는 지금도 그 인식이 여전히 유효한지는 잘 모르겠다. 그래도 책을 좋아하는 이들이라면 한 번쯤 관심을 가질 만한 직업이니, 그간 내게 질문해 왔던 모든 이에게 대답을 들려준다는 생각으로 몇 가지를 적어 보련다.

출판계에서 도서 MD로 불리는 사람들의 일터는 대형 서점과 온라인 서점으로, 이 서점들은 모두 매출

1천억 이상인 중견 기업이다. 그 때문에 책을 다루는 일이라고 해도 일반 기업에 입사하는 방법과 크게 다를 것이 없다. 4년제 학사 이상의 학력과 일정 수준 이상의 어학 시험 점수, 남들과 약간 차별화된 스펙 등. 즉 '서점'이니 만큼 취업 '전쟁터'와 분리되어 자유롭거나 낭만적인 무언가가 있지는 않다는 뜻이다. 물론 도서 MD 직군에 지원하는 이들의 자기소개서에는 한결같이 책을 사랑하고 좋아하는 마음, 책에 대한 관심, 독립출판물 제작, 출판사의 서포터즈나 인턴 활동 등의 내용이 빼곡하게 적혀 있곤 하지만, 이는 어디까지나 이력서의 보완일 뿐 기본적으로 기업에서 요구하는 스펙을 대체할 수는 없다.

내가 일하는 서점은 공개 채용을 통해 정기적으로 인턴을 선발하며, 1차 인·적성 시험, 2차 실무진 면접, 3차 최종 면접 등의 과정을 거쳐 최종 합격자를 뽑는다. 매번 그랬던 것은 아니지만, 간혹 인사권자의 판단 아래 1차 인·적성 시험을 치른 후 책에 대한 소양을 파악하기 위한 필기시험이 추가된 적도 있었다. 난해하기로 유명한 박상륭의 소설 일부를 지문으로 주고 감상을 쓰라거나, 유명 작가와 작품 제목을 바르게 연결하라거나, 기억나는 책 제목을 적으라거나 해서 지원자들이 진땀깨나 흘린단다. 1차 관문을 통과하면 만나는 면접관들은 지원자가 책을 얼마나 많이 읽었는지도 참고하겠지만 그보다는 업무에 얼마나 빨리 적응하여 한 사람 몫을 해낼지를 더욱 면밀히 살핀다. 그러니 진정으로 MD가 되고 싶은 이들은 책만 열심히 읽을 게 아니라 대학을 졸업하고 스펙을 쌓고 취업 준비를 성실히 하는 편이 좋다. 정작 내가 입사하던 시절에는 이런 시험이 없었다는 게 함정이지만. 그때만 해도 이력서, 자기소개서와 함께 리뷰 몇 편을 써서 제출했고 토익 점수나 자격증 유무는 중요치 않았으니, 과거의 내가 현재로 날아와 지금 직장에 입사를 시도한다면 아마도 탈락 확정이려나.

도서 MD로 일하려면 어문 계열이나 문헌정보학과 같은 특정 전공자가 좀 더 유리하지 않냐는 이야기도 자주 나오는데, 특정 전공을 선호하는 일은 없다. 어문 계열 전공자가 가장 많긴 하지만 현재 MD로 일하는 이들은 인문, 경영, 공학 등으로 전공이 다양하다. 온라인 서점 역시 수많은 기업 중 하나인 만큼, 일반 기업과 마찬가지로 일을 배울 자세를 갖추고 성실하게 일할 거라 판단되는 사람을 최우선으로 선호하며, 그다음으로 직무와 관련한 지식과 호기심을 가진 사람을 원한다.

문학도나 독서토론 동아리 출신의 지원자가 직무에 맞는 소양과 호감 가는 태도를 가졌다면 경쟁에서 유리할 수 있겠지만, 단순히 책이나 독서, 출판 관련한 경험을 가진 것만으로 더 우대하는 일은 없다. 또한 세상에는 너무나 다양한 분야의 책이 많다. 자타공인 소설 애독가로 책을 정말 많이 읽었다는 사람도 서점에서 일하며 상상 이상의 수많은 실용서나 자기계발서를 만나면 자신의 좁고 초라한 독서 소양에 당황하기 마련이다. 내심 인문교양서만 책이라고 생각했던 이들도 화보집이나 라이트노벨을 사는 독자가 얼마나 많은지 알게 되면 자신이 얼마나 좁은 세상에 있었나 깨닫게 된다. 지금 뭔가 많이 알고 있다고 자부하는 사람보다는 오히려 무엇이든 배우겠다고 마음먹는 열린 자세가 더 높은 평가를 받을 것이다. MD가 되는 비법 같은 건 따로 없지만, 어떤 사람이 좀 더 MD에 적합한지에 관해서는 얘기해 볼 수 있겠다. 이 일은 책을 다루는 일이지만, 업무 시간에 여유롭게 책을 읽는 일은 아니다. 그러니 좋아하는 책을 업무 삼아 마음껏 즐길 수 있겠구나, 라고 기대하는 사람이라면 다시 생각해 보기를 권한다. 이 일은 3~5분이면 해결할 수 있는 일들을 끊임없이 빠르게 쳐내는 가운데 중장기의 프로젝트도 기획하고 실행하는 매일을 지속해야 한다. 그러므로 고도의 집중력을 발휘하며 한 가지 일에만 몰두하기를 즐기는 사람보다는 한 번에 여러 가지 일을 할 수 있는 멀티태스킹 유형의 사람에게 적합하다. 또한 다양한 출판사의 더 다양하고 수많은 사람과 직접 만나거나 전화로 소통하며, 아쉬운 소리도 하고 밀당도 하며 협상을 해야 하는 일이라서 사람을 만나는 일을 꺼리거나 좋아하지 않는 이들은 스트레스를 받을 확률이 높다. 무엇보다 MD는 주어진 매출 목표 달성을 위해 갖은 노력을 기울여야 하며 숫자에 목숨 걸고 숫자로 평가받는 일임을 명심해야 한다. 아주 예전에 모 서점에서는 담당 MD별 매출 달성률 그래프를 사무실 벽에 붙여 놓으면서까지 목표 달성을 독려했다는 도시 괴담(?) 같은 이야기도 전해져 내려오는데, 눈에 보이는 그래프는 아니어도 아침마다 전날의 매출, 이달의 누적 매출을 조회하며 나의 현재 목표 달성률을 확인하는 일은 아무리 겪어도 내성이 생기지 않는다. 사실 목표를 훌쩍 뛰어넘는 숫자를 보더라도 지금의 잘나가는 나 때문에 내년의 내가 고통받을 게 뻔히 예상되니 마냥 기뻐하기보다 '이 또한 지나가리라'를 되새기게 되고, 목표에서 많이 모자란 숫자를 받아들 때는 그까짓 몇 개의 숫자 때문에 저성과자로 평가

받나 싶어 심히 억울해진다. 이처럼 성과 중심으로 돌아가는 업무에 스트레스를 심하게 받는 타입이라거나, 나라는 소중한 존재가 숫자 몇 개 오르락내리락하는 정도의 일로 평가당하는 것을 못 견뎌 하는 사람이라면 MD 업무에 적합하지 않을 것 같다.

서점에서 일하고 싶은 사람이라면 평소에 본인이 관심 있던 온라인 서점의 홈페이지와 앱, 매장 등을 둘러보거나 이용해 보길 권한다. 실제로 면접에서 아무리 호감 가는 태도와 넘치는 의욕을 보인 지원자라고 하더라도 "아, 사실 사이트(온라인 서점)를 이용해 본 적이 없는데요……"라고 말한다면 과연 어떤 면접관이 그런 지원자를 신뢰할 수 있을까? 설마 그런 지원자가 있을까, 싶겠지만 취업난 탓에 '묻지 마' 지원을 하는 이들이 꽤 많은지 의외로 자주 만난다. 서점에 따라선 채용 공고를 서점 홈페이지에만 올리는 곳도 있으니 서점이나 MD 업무에 관심이 있는 이라면 자주 둘러보며 어떤 책이 잘 팔리는지, 다른 쇼핑몰과 비교해 책을 찾거나 구매할 때 어떤 점이 불편한지 등을 살펴봐 놓는 것도 좋겠다. 나아가 책이 아닌 다른 물건을 파는 쇼핑몰이라도 혹시 인상 깊게 이용해 본 경험이 있다면 그것을 어떻게 서점에 적용할 수 있을지 등을 상상해 본다거나 그 내용을 정리해 보는 것도 좋다. 책에 대한 경험도 중요하지만, 물건을 사고파는 일이 MD 업무의 기본임을 생각한다면 온라인 쇼핑을 여러 형태로 해 보는 것도 좋은 경험이 될 것이다.

서점에서는 책을 추천하고 팔 사람을 찾는 것이지, 책을 만들거나 쓰는 사람을 찾는 것이 아니다. 책을 직접 만드는 일에 관심이 있다면 출판사에서 일하는 편이 나을 것이고, 글쓰기를 좋아하고 이를 책으로 펴낼 꿈을 가진 이들이라면 일단 글쓰기와 병행할 수 있는 일을 찾아보면서 꾸준히 관심 있는 주제의 글을 쓰는 편이 나을 것 같다. 책을 사랑하는 이들이 MD로 일하는 것은 매우 바람직하나, MD는 책에 대한 애정과 관심 이전에 조직 생활에 성실하게 적응할 준비가 되어 있어야 한다. 정해진 시간을 지켜 성실하게 출근하고 조직에서 주어지는 일에 최선을 다 하면서 안주하지 않는 사람, 즉 조직 생활에 적합한 이들이어야 한다는 이야기다. 책에 대한 풍부한 지식과 뛰어난 통찰력을 가지고 있다 하더라도 지각을 자주 하거나 업무의 마감 시한을 밥 먹듯 어기는 사람보다는, 책을 잘 알진 못하더라도 앞으로 열심히 경험을 쌓을 준비가 된 성실한 사람이 당연히 선택받을 것이다. 부족한 것은 배우면서

본인의 의지로 채워갈 수 있지만, 생활 습관이나 업무에 임하는 태도는 하루아침에 바뀌기 어렵다. 어쩌면 책을 정말 사랑하고, 독서를 진정으로 즐기는 이들이라면 책을 파는 일을 직업으로 삼기보다는 평생 즐길 수 있는 취미로 두는 편이 나을지도 모른다. 서점에서 MD로 일하면, 백 엔드 프로그램에 접속해 사이트의 정보 등을 관리하고 출판사 담당자와 연락을 주고받거나 미팅하는 등의 일이 주 업무가 되며 책을 더 많이 팔려고 만든 판촉물 등속을 살펴보거나 책 판매에 도움이 될 각종 정보를 훑기 위해 포털과 SNS 등을 들여다보는 일에 시간을 많이 쏟는다. 그러니 오히려 책을 양껏 읽을 수 있는 물리적 시간은 지극히 부족해진다. 일본의 유명 저널리스트 다치바나 다카시는 책 읽을 시간이 절대적으로 부족하다는 생각이 들자 다니던 『주간문춘』의 기자직을 그만두고 프리랜서의 길을 걷기 시작했다. 애초에 회사에 매인 처지로서 책을 깊게, 많이 읽고 싶다는 건 본인의 초인적인 노력이 있지 않으면 쉽지 않은 일이다. 책을 깊게 많이 읽는 것을 매일매일 하고 싶다면 MD가 되기보다는 깊은 산 속으로 들어가거나 교도소에 갇히는 쪽이─교도소에 갇히면 재벌 3세 회장도, 전직 대통령도 책을 찾는다─훨씬 좋은 방법일 수 있다. 너무 좋아하는 일이 있다면 그건 취미로 남겨 두고 생계는 다른 일에서 찾는 것이 오히려 그 좋아하는 일의 애정을 지킬 방법인지도 모른다. 그 좋아하는 일이 일이 되면, 오로지 일로만 남을지도!

13

{ **AI는 MD를 대신할 수 있을까**
vs. 그래도 사람이 해야 하는 것들 }

이세돌과 알파고의 대결은 인공지능(이하 AI)이 결코 SF 영화에나 등장하는 먼 미래가 아니라는 것을 우리 모두에게 환기시켜 준 사건이었다. 많은 사람이 지금 자신이 하는 일을 앞으로 AI가 대체하진 않을까, 어떤 직업이 사라질까, 상상하고 고민한다. 나 역시 생각해 본다. 과연 MD라는 직업은 AI와의 대결에서 살아남을 수 있을까?

온라인 서점에 SCM이 본격적으로 도입되기 시작하던 때도 비슷한 고민을 했다. 출판사에 SCM 사용을 적극 권장하려고 내부 시연을 했는데, 그 기능을 보고 "아니, 저대로만 된다면 우리 인력은 3분의 1로 줄여도 아무 문제없겠네!"라고 동료들과 서로 수군거렸던 기억이 난다. 이론적으로 보자면, 출판사는 SCM을 통해서 판매자인 출판사가 서점의 발주서나 판매량을 확인하는 것은 물론, 서점에 상품이나 서지 정보, 이벤트 등을 등록하고 게시, 혹은 게시 중단하는 것까지 직접 할 수 있다. 그러나 여전히 우리는 일하고 있을 뿐 아니라 오히려 서지 정보와 이벤트 등록 업무만 하는 아르바이트생과 계약직 직원까지 포함하면 일하는 사람이 더 늘어났다. 오픈마켓에서는 주문부터 상품 발송, 이벤트 등록 및 노출 광고 업무까지 모두 SCM을 통해 이뤄지고 있는 것에 비하여, 온라인 서점에서는 SCM을 통해 주문 확인과 간단한 통계를 제공하는 등의 극히 일부 기능만 이용되고 있을 뿐, 아직도 MD가 대부분의 업무를 판단하고 결정한다. 다품종 소량 판매라는 도서의 특성상 서점이 직접 재고를 매입하고 물류센터를 운영하는 편이 효율적이기에 판매자에게 권한을 일임하는 것이 어렵기 때문이다.

그런데 만약, 내일부터 당장 AI가 신입 MD로 출근한다면, AI는 과연 어떤 일은 할 수 있고 어떤 일은 할 수 없을까? 먼저 MD의 주 업무 중 하나인 재고 주문과 관리를 살펴보자. 지금도 도서 재고 주문은 최근 7일간의 판매량 등을 기준으로 하여 적정한 재고 수량을 예측해 주는 공식을 가이드 삼아 진행하고 있으니, 기존 데이터가 충분히 쌓여 있는 도서라면 분명 AI가 잘 대처할 수 있을 거라 생각한다. 또한 방대한 양의 데이터를 소화하는 것도 충분히 가능하니 다양한 판매 데이터를 조합하거나 일시품절된 책, 품절된 책의 재입고 여부 등은 빠짐없이 챙길 수 있지 않을까? 물론 MD들은 "AI가 거래처에 전화도 걸어 주나요? 통화해서 확인된 내용까지 영업 프로그램에 업데이트해 주지 않으면 저흰 싫어요"라고 말할 것이 뻔하긴 하다. 우리가 쓰고 있는 백 엔드 프로그램은 우리 MD에게 더욱 훌륭한 MD가 되라고 이벤트 종료 알림, 품/절판 입고 확인 알림, 고객 문의 알림, 굿즈 재고 부족 알림 등등 수많은 정보를 알려 주고 있으니 가히 인포데믹이라 해도 과언은 아니다. 그러나 구슬이 서 말이라도 꿰어야 보배. 이 방대한 정보를 바탕으로 데이터를 조합해 판단하고 실행에 옮겨 정보를 업데이트하는 것은 여전히 사람의 일이다. 실제로 책의 재고가 있는지 없는지, 잘못된 정보는 아닌지 등을 유선 전화나 메일, 메신저 등으로 확인하여 이를 백 엔드 프로그램에 입력해 온라인 서점의 웹페이지에 반영하는 것은 MD가 해야만 하는 일이다. 온라인상에 구축된 이 서점은 사실 사람들이 데스크톱 앞에 앉아 어깨 한쪽에 전화를 끼고 일일이 확인한 내용을 직접 타이핑해서 이뤄 낸 것이라고 보면 된다. 그래서 어깨와 목 통증, 손가락과 팔목 저림 등에 만성으로 시달리는 MD들에게는 전화기용 헤드셋이나 손목저림 방지용 마우스 등이 잇템이 되었다. 영업 프로그램의 내용을 알아서 전화까지 걸어 확인한 후 업데이트해 주는 수준의 AI라면 엄청나게 탐나긴 하지만, 아직은 요원한 일인 것 같다.

문제는 판매에 대한 데이터가 아직 없어 앞으로 쌓아 나가야 할, 갓 출간된 따끈따끈한 신간 재고 관리의 경우인데, 과연 AI도 꾸준히 학습을 하면 잘 팔리는 신간 도서를 예측해서 적정한 재고를 가져다 놓고 관리할 수 있게 될까? 어느 정도의 가이드를 제공할 수는 있겠지만, 아마 본능적으로 번뜩이는 MD의 감을 따라잡긴 어렵지 않을까 예상해 본다. 어떤 책이 잘 팔릴지를 높은 확률로 예측할 수 있는 존재가 있다면 그는 예언자라고 불러야 할 것 같다. 그렇다면 업무에 상당한 부담을 주고 있는 판매 촉진 이벤트 구상 및 굿즈 제작 등의 업무라면 잘 해낼 수 있을까? 이 역시 경험을 축적하고 학습을 하게 되면, 이런 종류의 책에는 이러한 형태의 이벤트나 프로모션이 효과 있었다든지, 이러저러한 굿즈의 반응이 좋았다는 추천이나 제안 정도는 가능할 것도 같으나 과연 독자의 마음을 사로잡는 미묘한 감성까지 잘 재현해 낼 수 있을지는 다소 의구심이 든다.

　독자에게 읽을 만한 책을 추천하는 큐레이션 업무를 AI가 맡는다면 어떨까? 지금도 대부분의 쇼핑몰에선 구매와 페이지뷰 이력, 성/연령별대 상품 선호도 등의 빅데이터를 조합해 추천 리스트를 보여 주고 있긴 하지만, 어찌 보면 이것도 초보적 수준의 AI라고 할 수 있을 터. 아마존에서 상품 검색을 하다 보면 화면 하단에서 'You may also like …'라는 큐레이션을 볼 수 있다. 그걸 보노라면 그 적확도에 가끔 감탄하게 되는데, 책 큐레이션 역시 AI라면 조금 더 개인의 성향에 맞게, 내밀하면서도 적확하게 할 수 있지 않을까 예상해 본다. 물론 책의 어떤 구절, 어느 부분이 마음을 사로잡을 것이라는 등의 감성적 추천까지 하기는 어렵겠지만, 보다 많은 사람이 관심을 갖거나 구매한 데이터를 바탕으로 큐레이션하면 보편적으로 만족도 높은 추천은 가능할 것 같다. 그렇다면 이건 AI의 손을 들어 주자.

　지금까지 살펴본 바로는 재고 주문과 관리, 큐레이션 등 방대한 정보를 빼놓지 않고 분석하여 결과를 내

놓을 수 있는 업무들에선 AI MD가 그럭저럭 따라올 수 있을 것 같다. 그러나 AI도 손 쓸 도리가 없을 것으로 예상되는 업무가 있다. 그건 바로 복잡다단하고 매일매일 변화무쌍한 출판사 담당자와의 눈치 싸움과 그로 인한 감정 노동! 출판사 마케터에게 이 책의 판매를 위해서 A 이벤트를 하는 게 어떠냐고 제안하면 "아, 그거야 하면 되는 건데…… 그렇게 하면 재고 주문을 많이 해 주시나요?"라고 말한다. 그건 아니고, 그렇다면 B 방법은 어떠냐고 제안하면 "아, 그렇구나. 제가 잘 몰라서……. 그거야 하면 되죠. 그런데 그걸 하면 메인에 얼마나 크게 노출될 수 있을까요?"와 같은 식의 대화를 10분 넘게 되풀이하고 있다면 아무리 AI라도 회로에 손상이 오지 않을까 예상해 본다. 아니, 오히려 AI라면 돌직구로 "A와 B의 방법으로 판매가 늘 확률은 0.1퍼센트입니다. 서점에서 주문이 들어갈 확률 역시 0.1퍼센트입니다. 그나마 가장 손해를 입지 않는 선에서의 시도로는 A나 B 정도의 방법이 적당합니다"라고 말하려나. 역시, 위험하다. 한두 군데의 거래처만 남기고 다 사라지는 것 아닐까. 그러다 결국 우리도 사라질까 걱정될 만큼. 출판사 신규 거래나 기본적인 이벤트 프로모션 안내와 같이 주기적으로 비슷한 답변을 해야 하는 경우에는 AI

MD와 상담해도 별 문제가 없겠지만, 책을 팔면서 일어나는 다양한 사건사고(?)를 생각해 보면 출판사와의 상담 전부를 AI MD에게 맡길 수는 없다. 원래 창의성이 필요하거나 예술적이면서도 섬세한 감성을 살려야 하는 업무들은 아직은 AI가 대체할 수 없는 영역이라고 하지 않던가. 책 판매를 위한 우리의 밀당도 어찌 보면 창의적이면서 예술의 경지에 가까운 것 같긴 하니 말이다. 그렇다 하더라도 재고 관리도 야무지게 해 주고, 큐레이션도 도와주면서 가끔 거래처에 아무런 감정 소모 없이 냉철한 발언도 담당하는 AI MD가 있으면 좋겠다는 생각을 해 본다.

그리고 아마도 AI가 당장 하기 어려운, MD가 정기적으로 '손수' 해야 하는 일 중 하나는 자신의 담당 분야에 서지 등록용, 홍보용 혹은 검토용으로 들어온 책이나 굿즈 샘플들을 '정리'하는 일이다. 독자에게 발송되는 책과 굿즈는 포장후 컨베이어 라인을 타고 분류되어 제 갈 길을 찾아가지만, 우리에게 온 홍보용 도서와 굿즈 샘플은 검토가 끝나면 길을 잃는다. MD의 마음에 드는 것이나 보관할 필요가 있는 것들은 따로 둔다고 해도 집이나 사무실의 이미 포화 상태인 책상 위와 책장은 물론이고 그 어디에도 자리 하나 찾기가 어렵다.

그러니 안타깝지만 제 목적을 다한 홍보용 도서들은 주기적으로 정리하여 폐기하거나 기증 요청이 오는 곳 중 공익 목적에 맞는 기증처만 골라 보내야 하는데, 그 일도 깜빡 때를 놓치면 책들이 무섭게 증식해 우리의 사무 공간까지 위협한다. 아주 오래전, 한 방송사 예능 프로그램에서 시민들에게 책을 기증받는 행사를 진행했을 때 온라인 서점 직원들이 희희낙락하면서 '야! 홍보용 도서 정리(처분)할 좋은 기회다!!'라고 쾌재를 부르며 우르르 회사에 쌓여 있던 책을 들고 나갔다는 건 웃픈 이야기. 그러므로 주기적으로 책이 넘어지지 않도록 잘 쌓아 올리거나, 혹은 빈 박스에 테이프 질을 해서 책을 넣고 박스를 층층이 쌓는 작업을 수시로 진행해 줘야 한다. 뻘건 목장갑을 끼고 먼지 풀풀 날리는 책을 정리하다 부딪혀 멍이 들거나, 책장에 손을 베이는 건 예사인데 그렇게 땀을 뻘뻘 흘리면서 한나절을 보내면, 왜 이삿짐센터 직원들이 제일 싫어하는 짐이 책 짐이라고 하는지 충분히 공감하게 된다. 서점에 오래 다닐수록 전자책을 선호하게 된다는 믿거나 말거나 한 얘기도 있을 정도니까. 굿즈 샘플 역시 언젠간 참고가 될지도 모른다는 이유로, 또는 내가 만든 것이니 그래도 보관해 두어야겠다는 이유로 떠안고 있다 보면 부피가 어마무시하게 늘어나 결국 나의 안락한 공간을 위협한다. 이 역시 미련 없이 주기적으로 사람들에게 나눠 주든가 내가 부지런히 쓰든가 하는 수밖엔 없다. 수많은 책과 굿즈 중 무엇을 남길 것인지, 무엇을 정리할 것인지 판단해서 박스에 담아 필요한 곳으로 보내 주는 업무는 앞으로도 오랫동안 인간의 노동력을 필요로 하지 않을까 싶다.

어쩌면 남녀노소 모두 스마트폰을 들여다보며 세상과 소통하는 이 시대에, 종이책을 팔고 있다는 것만큼 아날로그적인 일은 없을지도 모른다. 비록 우리의 서점은 웹 속에 존재하지만, 이 모니터 너머에 사람이 있다는 것을 항상 잊지 않으려고 한다. 비록 우리와 고객과의 만남은 온라인에서 이뤄지지만, 책을 통해 이뤄지는 행복과 경험은 분명 우리에게도 도달해 존재하기 때문이다. 결국, 우리의 일은 실재하는 사람이 만나는 일이다.

책 파는 법

: 온라인 서점에서 뭐든 다하는 사람의 기쁨과 슬픔

2020년 12월 24일　초판 1쇄 발행

지은이
조선영

펴낸이	**펴낸곳**	**등록**
조성웅	도서출판 유유	제406-2010-000032호(2010년 4월 2일)

주소
경기도 파주시 책향기로 337, 301-704 (우편번호 10884)

전화	**팩스**	**홈페이지**	**전자우편**
031-957-6869	0303-3444-4645	uupress.co.kr	uupress@gmail.com

	페이스북	**트위터**	**인스타그램**
	facebook.com /uupress	twitter.com /uu_press	instagram.com /uupress

편집	**디자인**	**마케팅**
사공영, 김은경	이기준	송세영

제작	**인쇄**	**제책**	**물류**
제이오	(주)민언프린텍	(주)정문바인텍	책과일터

ISBN 979-11-89683-77-1 04810
　　　979-11-85152-36-3 (세트)

이 도서의 국립중앙도서관 출판예정도서목록(CIP)은 서지정보유통지원시스템
홈페이지(seoji.nl.go.kr)와 국가자료공동목록시스템(nl.go.kr/kolisnet)에서
이용하실 수 있습니다.(CIP제어번호: CIP2020051205)